EMILIO Y EL VIAJE SIN TESORO

A LA
ORILLA
DEL VIENTO

EMILIO Y EL VIAJE SIN TESORO

CARMEN LEÑERO

ilustrado por

XAN LÓPEZ DOMÍNGUEZ

FONDO
DE CULTURA
ECONÓMICA

Primera edición, 2009

Distribución mundial

© 2009, Carmen Leñero, texto
© 2009, Xan López Domínguez, ilustraciones

D. R. © 2009, Fondo de Cultura Económica
Carretera Picacho Ajusco 227, Bosques
del Pedregal, C. P. 14738, México, D. F.
www.fondodeculturaeconomica.com
Empresa certificada ISO 9001: 2000

Colección dirigida por Miriam Martínez
Edición: Carlos Tejada
Diseño gráfico: Fabiano Durand
Diseño de la colección: León Muñoz Santini

Comentarios y sugerencias:
librosparaninos@fondodeculturaeconomica.com
Tel.: (55) 5449-1871. Fax.: (55) 5449-1873

ISBN 978-607-16-0064-6

Impreso en México • *Printed in Mexico*

A Emeterio Elu,
Luis Guillermo Ruiz
y Jorge Abia,
expertos en travesías

I

No le gustaba irse a dormir. Por eso tardaba tanto en conciliar
el sueño después de que sus padres lo mandaban a la cama.
Exactamente a las nueve, aunque los comercios de la calle de
enfrente tuvieran todavía las luces encendidas. Para eso están
las persianas, le respondían invariablemente cuando él recla-
maba que había demasiada luz afuera para poder dormir. Antes
de cerrar los párpados tenía que pasar un rato bajo las colchas,
recordando lo que había sucedido en la jornada. Sobre todo las
cosas desagradables. Era un niño preocupón y le tomaba tiempo relajarse. A veces se quedaba mirando como un tonto los
rengloncillos de luz que dejaban pasar las persianas cerradas y
que se proyectaban en la pared. "El mundo es un cuaderno, un
maldito cuaderno de escuela con la tarea por hacer, un cuaderno vacío", se recitaba una y otra vez, en lugar de rezar el *Padre-
nuestro*. Y guiándose por los renglones se ponía a dibujar algo

mentalmente: un gato, una cadena de montañas, una araña cuyas patas terminaban siendo letras que no formaban palabra alguna —puros rayones, o circulitos, o espirales imaginarias. Sí, las espirales eran sus preferidas.

Esa noche, por ejemplo, tuvo que dedicar más de una hora a quitarse de encima un sentimiento de profundo fastidio. De regreso de la escuela, unos niños en el camión habían comenzado una pelea estúpida y en uno de los empujones resultó involucrado él, a quien le asustaban un poco los pleitos. Pudo salvarse de unos inminentes puñetazos gracias a su habilidad para inventar argumentos, propuestas de negociación y artimañas retóricas, que por lo general dejaban pasmados a sus compañeros, incluso a las niñas sabihondas y a los alumnos de grados superiores.

Una hora de camión en medio de un tráfico infernal era demasiado cuando se tienen once años, pero ninguno de sus padres podía abandonar el trabajo para ir a recogerlo a mediodía. O si podían, no les daba la gana hacerlo, así que desde el principio lo inscribieron en el servicio de transporte de la escuela. Los demás niños también se desesperaban en el camión y a diario buscaban formas de matar el tiempo, generalmente molestando al chofer, aventándose cacahuates o bolitas de papel, o gritoneando canciones a las que les cambiaban la letra original por majaderías, a veces bastante ingeniosas, es verdad.

Él por su parte, sobre todo ahora que iba en quinto, se ponía a contar para entretenerse: "1, 2, 3, 100, 500, 1000, 2000, 3500, 4659…" y así. Casi siempre su casa aparecía en el millón setecientos cuarenta y tantos. A veces menos, a veces más. No se trataba sólo de contar, sino de hacerlo al mismo ritmo todos los días, aunque en el trayecto alguno de los semáforos estuviera descompuesto, hubiera habido un choque o mantuvieran cerrada alguna calle para arreglar los baches.

Cuando desaparecían los renglones de la pared y escuchaba que sus padres se habían encerrado por fin en su recámara, ya podía respirar a sus anchas. Esperaba un rato a que el silencio fuera total y entonces ponía en práctica su estrategia mágica para poder dormir: hacía a un lado las cobijas, se paraba sobre el colchón y construía con un martillo y unos clavos imaginarios un blanco refugio en torno a su cama. Se trataba de un refugio a prueba de todo mal, en el que no podía penetrar ninguno de los horrores del mundo, ni los animales feroces, ni los vientos huracanados, ni la más diminuta bacteria maligna. Una vez terminado su refugio invisible, se volvía a acostar. Imaginaba que "allá afuera" reinaba una selva esperpéntica con monstruos de todo tipo, el peor de los climas, volcanes en erupción, mares enardecidos, gente salvaje. Pero él estaba a salvo en su guarida y se acurrucaba en sí mismo como en el interior de un huevo sagrado para sumergirse poco a poco… dulcemente… placenteramente… en el más tibio de los sueños.

II

—Uribe Carrasco, Emilio —dijo la maestra—. Pase al pizarrón y resuelva el problema.

"Pan comido", pensó él. Había hecho la tarea de aritmética de camino a la escuela, como siempre, y sabía perfectamente la solución: "Si en la canasta del *picnic* hay sólo seis manzanas, y la madre debe distribuirlas equitativamente entre nueve niños, lo que habrá de hacer es partir cada manzana en tres trozos iguales y darle a cada niño dos trozos. Ya que $6 \times 3 = 18$, y $18 \div 9 = 2$".

—Perfecto —dijo complacida la maestra, sin detenerse a pensar en la relativa dificultad que implica partir en tres trozos iguales una manzana, ni en la típica flojera de las mamás para hacer cálculos al vapor.

Emilio por su parte pensaba que una mejor solución al problema, una solución más divertida, era que la mamá organizara un concurso entre los niños invitados al *picnic*. Por ejemplo, el de subirse a uno de los árboles cercanos. Y así, el niño que lograra hacerlo en el menor tiempo obtendría tres manzanas y el segundo lugar se ganaría dos. La sexta manzana podría servir como premio de consolación al niño más pequeño o al que se hubiera caído en el intento, lastimándose. Pero no era eso lo que quería escuchar la maestra, así que guardó silencio. Regresó a su asiento pensando que, por otra parte, no es que a los niños les gusten tanto las manzanas, y que la mamá bien pudiera haber cocinado un pay de manzana para llevarlo al *picnic*. Claro que debía tratarse de una mamá amante de la repostería, y no como la suya, que no se paraba ni por casualidad en la cocina.

—¿Por qué no me haces un pastel para llevarlo mañana al recreo? —le replicó Emilio esa noche cuando su madre lo mandó a dormir.

—Porque hoy tuve un día muy pesado en el trabajo —respondió ella—. Así que vete ahora mismo a la cama.

Para entretener su vigilia en la dudosa penumbra que proporcionaba el cierre de las persianas, se puso a inventar otras posibles soluciones al problema de las manzanas, soluciones más lógicas, más fáciles, menos idiotas. "Definitivamente —concluyó—, en la escuela aprendemos a hacernos tontos, no tiene gracia." Y empezó a dibujar mentalmente un árbol sobre los renglones de luz en la pared. Era un árbol sinuoso y por lo mismo fácil de trepar. Pero era realmente tan alto que los renglones no le alcanzaban. De seguro desde la punta podría observarse muy a lo lejos, más allá de la línea de montañas, el mar. Ay, el mar, el mar…, ésa sí que era una idea linda, aunque difícil de imaginar sobre la pared sólida y lisa de su cuarto.

Lo malo de una buena idea es que lleva a otra y a otra que quizá no sea tan buena y agradable. Recordó entonces la calificación que le dieron esa mañana en el examen de historia. ¡Siete! Un siete, él, Emilio Carrasco Uribe, un feo siete en la boleta de ese mes.

A sus padres no les importaría gran cosa pero a él sí. Y todo por hacerse el listo. En vez de contestar sencillamente: "Fernando de Magallanes en 1522", cosa obvia pero no tan obvia, pues el famoso viaje de circunnavegación de la Tierra, pasando por el endiablado Estrecho de Magallanes no lo pudo terminar Magallanes, que se había muerto en algún lugar de la travesía, sino el maestre Juan Sebastián Elcano. A Emilio le pareció necesario ponerse a explicar la ruta y los avatares que había seguido don Fernando en su interesantísima expedición: que si había salido de la desembocadura del Río Guadalquivir en su nave capitana llamada *Trinidad*, allá por 1519, comandando cuatro barcos más. Que si pasó por las Canarias y siguió hacia el sur a través del Océano Atlántico, hasta tocar tierra en Río de

Janeiro (bueno, lo que hoy es Río de Janeiro y antes quién sabe si tenía nombre). Que si luego de pasar por el Río de la Plata, la expedición llegó a la Bahía de Julián, donde Magallanes decidió recalar para pasar el invierno.

Emilio tuvo que añadir una hoja entera para poder relatar lo fea que se le puso la cosa a don Fernando durante ese invierno. Hacía un frío espantoso y los víveres comenzaron a escasear, así que la tripulación estaba harta. Se produjo entonces un motín dirigido por un tal Gaspar de Quezada. Finalmente Magallanes los metió a todos en cintura, pero tuvo que condenar a muerte a uno de sus capitanes y hacerles juicio a muchos marineros más.

Lo más rudo fue cruzar el dichoso Estrecho de Magallanes, allá en la puntita de América del Sur, para pasar del otro lado, es decir, al Océano Pacífico. Muy complicada estaba esa zona. Emilio escribió: "un verdadero laberinto de islitas, corrientes marinas en distintas direcciones, vientos arremolinados". Una a una, las distintas naves tuvieron que ir a explorar cuál sería el mejor camino y regresar para informar a las demás embarcaciones. Finalmente, después de muchas intentonas, lograron pasar al otro océano, que el ingenuo de Magallanes llamó "Océano Pacífico", ya sea porque estaba muy contento de haber logrado el difícil pasaje, ya porque en aquel otro mar no le tocó ninguna tempestad de puritita suerte.

"Sin embargo la suerte, si llega, no suele durar mucho —escribió Emilio—, y en tres meses la expedición no logró dar con tierra firme. La tripulación tenía tanta hambre que hasta las ratas se comía. El agua que llevaban se contaminó, así que muchos de los tripulantes se enfermaron de una terrible enfermedad que se llama escorbuto y que se quita comiendo limones frescos, que en sus barcos, claro, ya no había."

En este punto estaba de su relato cuando la maestra les advirtió que iba a recoger los exámenes en cinco minutos. Emilio sabía que le faltaban todavía dos preguntas por resolver, pero no quería dejar de explicar cómo Magallanes, después de atravesar buena parte del Océano Pacífico, llegando por fin a las Islas Molucas en el Extremo Oriente, tuvo que pelear contra una tribu de Filipinas, y que en la batalla pereció. Fue entonces cuando Juan Sebastián Elcano (¡cómo le gustaba ese nombre a Emilio!) tomó el mando y, después de varios desembarcos peligrosos y una ardua travesía bordeando los continentes, llegó a España en julio de 1522, ya con una sola nave, que por cierto se llamaba *Victoria*. Así que fue Juan Sebastián, y no don Fernando, quien realmente hizo completo el viaje de circunnavegación de la Tierra.

Tuvo que escribir tan rápido los últimos párrafos, que acabó rayoneando la hoja. Cuando iba a leer la siguiente pregunta la maestra pasó junto a su pupitre y le arrancó el examen de las manos. Lo peor fue que ni siquiera le contó como buena esa respuesta, pues pensó que Emilio le había querido ver la cara con tanto rollo, en vez de contestar simple y llanamente: "Fernando de Magallanes en 1522". O tal vez tuvo pereza para interpretar los rayones de su alumno.

Sea como fuere, Emilio no iba a reclamarle. Le chocaban los niños que iban chilloteando a quejarse por una calificación. Así que se quedó con su feo siete, que como mosca aplastada ensuciaría su perfecta boleta de calificaciones. "A veces —pensó Emilio mientras se adormilaba en su huevo—, es malo saber de más."

III

Hacía apenas una semana que había cumplido once años la noche en que escribió una y otra vez, sobre los renglones de luz, el nombre que ya le parecía mágico: "Juan Sebastián Elcano, Juan Sebastián, Juan Sebastián". Sonaba a santo más que a nombre de explorador, se dijo. Y trató de concentrarse en otro tema. Casi al punto escuchó el portazo en la recámara de sus papás. Luego, los pasos de su padre que se dirigía a la sala. "Dormirá de nuevo en el sillón como cada noche durante el último mes", pensó Emilio, frunciendo el ceño en la oscuridad. Y es que sus padres nunca habían durado tanto sin contentarse. El tema de las discusiones era siempre el trabajo de la mamá, los viajes que tenía que hacer continuamente —aunque en realidad eran mucho menos que los que realizaba su esposo—, lo mal que se comía en esa casa, lo ocupada que siempre estaba ella, *bla, bla, bla*. Era hora de construir su refugio para dormir, pensó Emilio. Se levantó sin hacer ruido y se dispuso a clavetear alrededor de su cama.

Pero quizá porque ya era un niño de once años, o porque la escuela lo tenía frito, o por inspiración de Juan Sebastián, Emilio tuvo una feliz idea: ¿No sería mejor olvidarse del refugio y construir una embarcación?

Ya para esa hora sus pupilas se habían acostumbrado a la oscuridad y podía distinguir claramente la cabecera y los barrotes de madera de su cama. De pie sobre ella, y con un martillo imaginario en la mano, entrecerró los ojos para figurarse mejor la forma que habría de tener una carabela. Podría aprovechar tres de los barrotes como mástiles, claro que moviendo un poco la posición de cada uno, y doblar por el centro la cabecera para que funcionara como proa. Aunque era la primera vez que construía un barco, clavetear aquí y allá no le llevó más del tiempo necesario para que le empezara a dar sueño.

Apenas se acomodó bajo las cobijas sintió el vaivén de la marea. Y en vez de imaginar la monstruosa selva de siempre circundando su refugio, imaginó olas poderosas chocando a estribor. ¿Iba a poder dormir con tanto zangoloteo? Indudablemente una embarcación no se parecía en nada a un refugio anti-todos-los-males-del-mundo; por el contrario, era un sitio inseguro e inestable, se dijo Emilio con cierta preocupación. "Debí pensarlo dos veces antes de embarcarme en esta idea." Contuvo el aliento. Un viento feroz levantó las sábanas por encima de su cuerpo, y entonces escuchó desde popa la voz del maestre:

—¡Listos para zarpar!

No tuvo tiempo de registrar cómo se habían izado las velas, ni quiénes habían levado el ancla. Pero escuchaba sobre cubierta los trajines y voces de toda una tripulación. Dejó salir el aire de los pulmones, resignado a lo peor, y dio un salto fuera del catre. "Debo conocer a mis marineros —se dijo—, e informarles los planes de travesía…" Pero, ¿cuáles planes? No tenía ni idea de adónde irían, ni por cuál ruta, ni para qué. Si se trataba de un sueño, más le valía investigar al día siguiente algo de barcos, de viajes marítimos y, ¿por qué no?, algo de geografía en la *Enciclopedia Británica* de su papá o en Internet.

Bajo las plantas de los pies y recorriéndole todo el cuerpo sentía la fuerza de aquel impulso hacia adelante que movía a su embarcación, cortando el vaivén lateral del agua como un cuchillo a través de una barra tibia de mantequilla. Sin duda había buen viento allá afuera.

Antes de salir a cubierta quiso inspeccionar su camarote, pero no pudo abrir los ojos. En vano sus párpados hacían el esfuerzo de despegarse. Todo se bamboleaba afuera y adentro de sí; sentía náuseas y mareo.

—Buenas las tengo, ¡yo de capitán! —dijo Emilio en voz alta, voz que escuchó a la perfección: menos mal, no estaba sordo en este sueño.

Sobreponiéndose al bamboleo dio algunos pasos adelantando las manos para evitar tropezar con algo. Tentó una mesa y, sobre ella, enormes papeles extendidos (serían los mapas); más atrás, una especie de quinqué embarrado de aceite. En la palma derecha sintió la textura de un cuero viejo que cubría un libro grueso y, a un lado, un gran reloj o tal vez una brújula. También había ahí una lámpara de aceite y algún otro instrumento que no supo reconocer. Junto a la mesa tentó una silla con una pata coja y un cinturón colgando del respaldo. Más allá, en la pared del fondo, palpó un retrato, el retrato del rey quizá (aunque no se le ocurría cuál rey podría ser) o de algún pirata famoso, como Drake.

Si realmente se trataba de un sueño tenía que abrir los ojos y mirar a su alrededor para poder entrar en acción y hacerse cargo de la travesía. Pero por más que se restregó los párpados con los dedos aceitosos por haber tocado la lámpara, sus ojos no se abrieron hasta que el bamboleo del barco cesó y alguien descorrió de golpe las persianas de su cuarto.

—Niño, se te hizo tarde —exclamó su papá. Y enseguida se oyó el claxon del camión de escuela. Con las prisas olvidó que era martes, y en lugar del uniforme de deportes se puso el de gala, que se usaba sólo los días de honores a la bandera.

IV

—Azuela Ramírez, Víctor.

—Presente.

—Benítez González, Juana.

—Presente.

—Bereber Azures, Jorge Carlos.

—Presente.

—Carrasco Uribe, Emilio.

—Presente.

Sí, presente pero medio ido. Pensando en que así, con esa voz firme y estruendosa del maestro de deportes, él mismo pasaría revista a su tripulación en cuanto cayera dormido. Pero antes quería aprovechar las horas de vigilia para preparar un plan de ruta. Hubiera querido correr a la biblioteca de secundaria en vez de estar parado ahí como un idiota en el gimnasio con su uniforme de gala.

El maestro, que de por sí era un gruñón, no se ahorró la oportunidad de darle una tremenda regañiza pública, permitiéndoles a todos burlarse ruidosamente de su despiste. Sólo sus amigos, Emma y Carlos, guardaron silencio y lo acompañaron en la vergüenza.

El maestro encontró por ahí un banderín raído de alguna competencia pasada; le ordenó blandirlo en la mano derecha y permanecer de pie en un rincón del gimnasio durante la hora entera de clase. En lugar de sentirse víctima, Emilio decidió ausentarse mentalmente de la escena que estaba protagonizando y dedicar ese rato a analizar sus posibilidades marítimas. Emma casi lloraba de verlo castigado con el ridículo banderín. No sospechaba que hoy a su amigo le importaban muy poco las cosas de este mundo. Los genios son distraídos, había dicho la niña para sus adentros. Pero todos sabían que Emilio no era un genio, sino acaso un elocuente charlatán, que en esa ocasión no hizo ni el intento de defenderse, de explicar su distracción por las prisas, de hacerse perdonar por el maestro o de tomar parte en la burla diciendo algo así como: "estoy haciendo los honores a este insigne banderín".

Viendo que no hacían mella sus burlas, sus compañeros fueron olvidándose de él, y al cabo de un rato ya no pensaban sino en cómo saltar el caballo sin romperse la crisma o qué tan distante estaba una barra de otra. En especial sudaban cuando les tocaba el turno de realizar un "mortal al frente", intimidados por los gritos del maestro.

"Ya no hay tierras que descubrir, ni monstruos que capturar, ni medusas de las que huir en estas épocas —pensaba Emilio—. Es posible que mucho antes de que comenzara el siglo xx se hubieran desenterrado ya todos los tesoros y explorado todas las naves hundidas." No importa, de todas maneras no es que él tuviera un alma aventurera. Pero si uno construye una embarcación es para ir a algún lado, para navegar por los mares. Un mero paseo por donde me lleve el viento es ya un viaje que vale la pena, ¿o no? Pero aunque uno no tenga ninguna meta o puerto que alcanzar, es preciso tener al menos un pretexto para cruzar el océano, y debe conocerse un poco acerca de las corrientes marinas, de las rutas seguras. Además, tendré que enfrentar sin duda algunos contratiempos…

El ruido de un golpe seco lo sacó de sus fantasías. Soto Avendaño, Marcos, se había lastimado la nuca mientras realizaba una "rueda de manos" sobre el caballo, y había caído al suelo inconsciente. Se armó un revoloteo de niños alrededor suyo. El maestro de deportes perdió toda su prestancia militar y ahuyentó a la chiquillada pidiendo que alguno avisara en la dirección y que llamaran de inmediato una ambulancia.

—¡Rápido, rápido! —gritaba sin aliento, arrodillado frente a Marcos para que nadie fuera a moverlo ni un milímetro.

Aunque era Emilio quien se hallaba más cerca de la salida, se quedó paralizado en su rincón sosteniendo el banderín. "Debería haber corrido con todas mis fuerzas para buscar ayuda —se decía en la penumbra de su cuarto aquella noche—. Quizá los paramédicos hubieran llegado a tiempo."

El penoso incidente y su estúpida reacción —o mejor dicho, su falta de reacción— le impidieron dormir durante buena parte de la noche. Ni siquiera pensó en levantarse sobre la cama a construir de nueva cuenta su embarcación. Veía repetirse la escena del gimnasio en su memoria una y otra vez, hasta que el abatimiento cerró sus ojos.

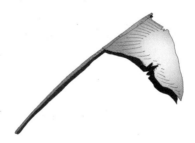

V

A tientas encontró la puerta y subió tambaleándose por una estrecha escalera hasta cubierta. Sus párpados, por dentro, se tornaron anaranjados. Era un día soleado y, sin embargo, un vientecillo inquieto golpeaba intermitente las velas de los tres mástiles. Una especie de aleteo gigante resonaba en medio del silencio que reinaba a bordo. Se sostuvo de un enmohecido pasamanos a su alcance. "Debo ver —se dijo—; debo abrir los ojos ahora." Pero sus párpados parecían sellados. Gritó:

—¿Hay alguien aquí?

Sólo le respondió el sonido del agua que chocaba suavemente contra el casco del barco. Volvió a llamar, pero esta vez usando una frase más acorde a las circunstancias:

—¿Quién vive?

—¡Ja!, un marinero ciego, ¡acabáramos! —le respondió una voz ronca a pocos pasos.

Debía tratarse de un hombre ya entrado en años y de modales muy rudos, pensó Emilio.

—¿Quién eres tú? —le preguntó en el tono más firme que pudo.

—¡Ja! —gruñó el hombre—. Podría yo ser el maestre o el contramaestre o incluso el cocinero; mas por lo que se ve, o mejor dicho, porque tú no ves nada, he de ser nada menos que el capitán de esta embarcación.

—De ninguna manera —contestó Emilio, avanzando con los brazos extendidos hacia el extraño—. Yo soy el que construye noche a noche esta nave y estamos en mi sueño. Por tanto yo debo ser, y soy, el capitán.

El hombre rio entre dientes.

—Debes probar entonces que eres el más fuerte —dijo sacando de su cintura un cuchillo, sin que Emilio pudiera percatarse.

—¿Tienes la audacia de retarme? —le replicó.

—No es audacia sino un juego de niños para mí —se burló el hombre—. Defiéndete si puedes.

Sobresaltado por el inminente peligro, Emilio cerró los puños e hizo un esfuerzo sobrehumano para abrir los ojos, mientras su mente pensaba a toda velocidad en algún argumento fulminante que impidiera la pelea:

—Yo... no... tú... —balbuceó—. ¡Qué valentía la tuya! —espetó al fin, simulando un poco de valor.

—Ni creas que estar ciego te salvará de esto —masculló el hombre acercándose a Emilio de una zancada y enterrándole en el vientre su cuchillo.

El angustioso grito de Emilio resonó por toda la bóveda celeste, las aguas se paralizaron y los albatros que sobrevolaban el barco graznaron enloquecidos. El súbito y agudísimo dolor que destempló por completo su cuerpo le abrió de un tajo los ojos. La luz dorada del Sol que la superficie del océano reflejaba lo deslumbró en un primer momento. Pero poco a poco fue viendo claro dónde se hallaba y en qué condiciones.

Lo primero que distinguió fue el mástil majestuoso de la proa; luego, levantando la cabeza, miró las radiantes velas izadas, el firmamento mareador. No vio a ningún hombre frente a él, ni a sus costados, ni detrás. Sólo vio la sangre que salía a borbotones de su herida en la panza, la sangre que chorreaba el suelo y avanzaba por cubierta. Era tanta que se derramaba desde las orillas del barco sobre el mar, enrojeciendo las aguas. Su asombro al ver cuánta sangre podía salir de su pequeño cuerpo mitigó por un rato la intensidad del dolor. Sin embargo, tuvo que apoyarse en un barril cercano para no caer. Iba a desmayarse cuando algo lo atajó: "se trata de un sueño —musitó su inteligencia—. Y en los sueños, aunque las cosas te duelan, siempre puedes reponerte".

Lo importante de las ideas que surgen en nuestra cabeza no

es tanto que sean buenas ideas, sino que se nos ocurran en el momento adecuado. Entonces pueden ser salvadoras. Emilio había sido herido, mas la herida se cerraba con un simple movimiento de su voluntad. Su ceguera se había esfumado como las nubes espantadas con el furor de un trueno. Lo único que ni en sueños podía cambiarse era el recuerdo de aquel dolor que había sentido cuando el filo del cuchillo penetró la débil membrana que separa el mundo de afuera y el de dentro de su cuerpo de once años.

VI

Hubo de esperar a que el habitual bamboleo del mar cesara para poder levantarse. No había rastros de sangre en su cama, corroboró. Miró el reloj de pared: estaba a tiempo. Sacudiendo la cabeza se puso a toda prisa el uniforme.

Ya sentado en el camión, junto a una niña que de vez en cuando se comía un moco, sacó de su mochila el cuaderno de español. Debía repasar la tarea de ortografía para no fallar en el dictado de esa mañana: *presidente* con *s*, lo mismo que *presidiario*. *Construido* sin acento, aunque *caído* sí lleva. *Orfanato* sin *hache*; "¿pero acaso un orfanato no es un hogar para los huérfanos? —se preguntó molesto—. Ahí está la trampa —se respondió—: las palabras no tienen lógica y de eso se vale la maestra para poner taches".

La misma incoherencia se presentaba en la palabra *oquedad*, que aunque viene de *hueco* y tiene que ver con *hoyo*, no va con *hache*. Las *haches* son un problema permanente porque no se oyen pero sí se ven… Recordó entonces a su invisible agresor en la pesadilla. "Ay —se dijo—, ese sueño de anoche no me deja concentrarme", y se forzó a continuar con la lista: Presunción con *ese* y luego *ce*. *Decisión* primero con *ce* y luego *ese*. *Escisión* primero con *ese-ce* y luego *ese*.

—¿Pero quién rayos inventó esta lengua? —masculló—. Pipo tenía razón…

Resignado intentó continuar el repaso de su lista de palabras capciosas; pero el recuerdo de su abuelo Pipo, que escribió aquel libro loco de ortografía, ya se le había colado en la cabeza y lo mantuvo distraído todo el trayecto.

El libro se llamaba *Eskribamos komo ablamos* y proponía eso mismo: que las palabras se escribieran tal y como se escuchan. Y puesto que era una idea revolucionaria incluso para su abuelo mismo, quien había sido un cuidadoso corrector de estilo durante más de sesenta años, y que a pesar de la esclerosis de sus últimos tiempos había conservado siempre su hermosa letra palmer, Pipo quiso imprimirle cierta autoridad académica a su libro y para ello ideó tres tácticas —fabulosas, en opinión de Emilio—: la primera táctica fue la de imprimir junto a su nombre de autor: Emmanuel Uribe Acha, que era su nombre verdadero —así, "Acha" sin *hache*—, un título que él se inventó: Investigador en Fenomenología Lingüística. La segunda fue pedirle a un afamado escritor mexicano que le escribiera una introducción, la cual comenzaba diciendo: "Nacido de un gran amor a la lengua, este libro del profesor Uribe Acha obliga a aflorar de nuestro inconsciente viejas preocupaciones siempre reprimidas". Y la tercera táctica fue iniciar el volumen con un epígrafe firmado por una asociación imaginaria pero muy atrayente para el público joven, según Pipo. La asociación se llamaba ELU (Estudiantes Latinoamericanos Unidos), y el epígrafe decía así:

Kombeniente i nesesario
resulta poner al día
nuestra bieja ortografía
i también el *dixionario.*

Si aktualmente ablamos tanto
de kambiar las estrukturas
para lograr liberarnos
de todas las diktaduras,
komensemos "reformando"
nuestra antikuada eskritura.

—Muchas *kas,* don Emmanuel, ¿no es así? —dijo el antipático locutor que invitó a Pipo a presentar su libro en un programa de televisión, donde varios señorones sabihondos y aburridos se juntaban a discutir sobre el lenguaje—. No niega usted su origen vasco —añadió, con una mezcla de burla y condescendencia.

—Ciertamente —agregó otro de los sabihondos—, la lengua vasca tiene muchas *kas*, como en la misma palabra *Euskadi*.

—O como en *Mohawk* —añadió otro sabihondo imbécil perdonavidas al acordarse de una marca de alfombras, Mohawk y Euskadi, que se anunciaba mucho en México por esos tiempos.

—Preferí usar siempre la *ka* —dijo Pipo un poco nervioso—, porque el uso de la *ce* causa mucha confusión a los jóvenes, ya que a veces suena como *ese*, como en "cestos" —y escribió sestos en un pequeño pizarrón que le habían puesto ahí—, pero a veces tiene que sustituirse por *qu*, como en *kesos*. ¿Para qué usar distintas letras si se trata de un mismo sonido, el sonido [c]?

Nuevamente el sabihondo mayor exclamó:

—¿Y dónde deja usted la cuestión etimológica?

—Pues, mire usted —replicó Pipo—, para comunicarse en la época moderna ya no es necesario acordarse de la cuestión etimoló...

—Bueno, bueno —dijo el locutor interrumpiéndolo—, se nos acabó el tiempo.

Emilio, que acompañó a su abuelo al estudio de televisión,

trinaba de furia contra el locutor y los sabihondos al ver la turbación de Pipo y las manchas de sudor que dejaban sus dedos sobre el pizarrón cuando trataba de borrar a toda prisa... El locutor casi los empujaba fuera de cuadro.

—No se le olvide su boina, don Emmanuel —añadió con esa falsa amabilidad típica de la ralea televisiva.

Pipo y Emilio salieron de la televisora a todo correr, como si los viniera persiguiendo el fantasma de la grosería y la idiotez. Iban tomados de la mano, abuelo y nieto, casi llorando de rabia los dos.

Ya para entonces el camión estaba entrando en el estacionamiento de la escuela. En un último y desesperado esfuerzo, los ojos de Emilio recorrieron rápida e intensamente la lista de palabras, como si quisiera fotografiar de un solo golpe la figura caprichosa de cada una.

Por suerte, no hubo dictado esa mañana. Se canceló debido a la extraña ceremonia que se improvisó en el patio para lamentar la muerte de Soto Avendaño, Marcos. Sí, el golpe en la nuca había sido fatal. Las maestras ponían cara de compungidas. Los niños estaban atónitos y sinceramente apesadumbrados. Se rumoreaba que iban a correr al maestro de deportes.

Siguiendo un impulso incomprensible para él mismo, Emilio se escurrió afuera de la fila y corrió hasta el gimnasio. Las puertas parecían cerradas, pero un leve empujón le bastó para abrirlas. Caminó hasta el aparato asesino; sus pasos sobre el parquet resonaron en la bóveda del salón. No vio ni la más mínima huella de sangre junto al caballo. Sí, todo estaba limpio y silencioso como si allí no hubiera pasado nada. Pero sí que había pasado: su compañero, con apenas once años de edad, estaba muerto. Y puesto que se trataba de la vida real, Marcos no podría "reponerse" de aquello.

Emma, que lo había seguido por el patio, pero se había detenido en la puerta, vio cómo Emilio caminaba hasta la esquina del gimnasio, recogía del suelo el raído banderín que tuvo que sostener días atrás y lo guardaba debajo de su camisa.

VII

—¡A limpiar toda esta sangre! —ordenó con su voz de niño.

Siete hombres maltrechos, uno sin pierna, otro con un ojo de vidrio, otro sin dentadura, otro desorejado, algunos de ellos bastante viejos, la mayoría escuálidos y con la piel surcada de cicatrices, todos sin rasurar, con las ropas gastadas, remendadas y sucias, cargaron cubos de agua y se pusieron a trapear y tallar cada rincón de cubierta. No era tarea fácil la que tenían, pues la sangre había llegado hasta la última hendidura de las maderas, había salpicado las velas, se había acumulado en pestilentes charquitos por doquier y había dejado pegajosas las bases de los mástiles, en especial del mesana. Emilio había encontrado la lista de los miembros de la tripulación arrumbada en su camarote, y en el tono de un verdadero capitán pasó revista:

—Arriaga Izcóatl, Jonás *(maestre)*…

—Presente —respondió el susodicho.

—Uribe Cayado, Juan José *(vigía)*…

—Juanjo para mis amigos, capitán.

—Irigoyen Castro, Jalil *(marinero de proa)*…

—A sus órdenes, mi capitán.

—Cohen Antinoo, Basilio *(timonel)*…

—Presente, señor.

—Urrutia Cásares, Liborio *(marinero de popa)*…

—Presente, ji, ji, aquí mismo.

—De Quezada Barbosa, Gaspar *(contramaestre)*…

Emilio se quedó esperando respuesta. Repitió entonces:

—¡De Quezada Barbosa, Gaspar…!

Silencio, un silencio general; el soplo del viento contra las velas, los hombres alzándose de hombros, cerrando el pico, haciendo muecas.

—¿Dónde está el contramaestre? —insistió Emilio.

El silencio se prolongó unos segundos. Emilio sospechó que ese tal Quezada era el hombre que lo había herido la otra noche.

Fue a colocarse en la zona más elevada del castillo frontal en proa.

—Marineros —dijo con voz potente—, soy su capitán, Juan Sebastián Elcano.

Se oyeron unas risitas entre los hombres, pues alguien había murmurado:

—Será Juan Sebastián *Enano*.

Sin inmutarse, Emilio continuó.

—En unas horas les haré saber la ruta que habremos de seguir, marineros. Exijo de ustedes fidelidad, disciplina y valor, pero habré de recompensarlos cuando alcancemos nuestro destino.

—¿Y cuál es nuestro destino, capitán? —preguntó Juanjo.

—Lo sabrán cuando deban saberlo —respondió Emilio, dándose tiempo para decidirlo, o inventarlo—. Por lo pronto, ¡mantenga el rumbo de los vientos, timonel!... Ah, y los demás busquen por todos los rincones a ese Quezada. Tráiganlo aquí, aunque sea a rastras. No voy a tolerar ninguna insolencia.

¿De dónde había sacado aquellos modos el buen Emilio, hijito querido de su mamá y de su papá, nieto favorito de Pipo y segundo lugar en la clase de quinto año de primaria? Nadie podría decirlo, pero así era. Con paso firme pese al bamboleo del barco, se dirigió a su camarote y cerró la portezuela para poder idear a solas un plan de navegación convincente.

Miró uno por uno los mapas extendidos sobre la mesa. Sumergido en las cartas de navegación se fatigó siguiendo con su dedo índice un enredijo de rutas que iban de Norte al Sur, del Viejo al Nuevo mundo, de las islas a los polos, de la ceca a la meca. Ya fuera atravesando grandes porciones de océano o bordeando las costas, cruzando estrechos o eludiendo los glaciares, dando la vuelta al mundo o bien chapoteando entre las bahías, la travesía debía tener algún propósito, se dijo. Llevaba un buen rato devanándose los sesos, pensando hacia dónde ir o qué buscar, cuando la diosa Fortuna, que auxilia a los auténticos marineros, le puso la solución en las manos.

—¡Capitán, capitán! —gritaron dos hombres afuera.

Emilio salió inmediatamente de su camarote, con paso firme y el ceño fruncido para ocultar su estado de confusión.

—¿Qué pasa?

Liborio y Jalil traían sujeto de los brazos a un personaje escuálido, con el cuello dislocado y la mirada perdida. Los marineros exclamaron al unísono:

—Capitán, buscando a Quezada nos encontramos a este polizón en la cocina.

Emilio se acercó a observar al pequeño individuo, cuyo rostro le parecía vagamente familiar.

—¡Tú! Pero, ¿qué haces aquí?

Se trataba nada menos que de Soto Avendaño, Marcos, quien con una sonrisita nerviosa balbuceó:

—Perdona que me inmiscuya en tus sueños, Emilio, pero es que necesito un *ride*.

—¿Un qué? —vociferó Liborio—. ¡Diríjase a nuestro capitán con respeto!

—Te pido que me lleves en tu barco hasta la Orilla Blanca.

—Pero tú estás muerto —replicó Emilio, con más incredulidad que compasión.

—Precisamente —añadió Marcos—, por eso debo ir allí.

—¿Y qué diablos hay en la Orilla Blanca? —gruñó Jalil, recelando una trampa.

Marcos se retorció en vano para soltarse:

—Gente, me imagino, caravanas y caravanas de gente… muerta —contestó.

—¡Fantasmas! —gritó Liborio.

Un estremecimiento recorrió a toda la tripulación.

—¿Y tú quieres unirte a una de esas caravanas? —preguntó Emilio.

Marcos alzó los hombros. No tenía más respuestas que dar, no tenía más información.

—¡Suéltenlo! —ordenó Emilio auscultando con la mirada el cuello de su compañero, que al ser soltado había caído hincado frente a él—. ¿Te duele?

Marcos negó con la cabeza.

—¿Me llevarás?

Emilio se quedó un momento meditando. Recordó un grabado de Doré que le había enseñado su padre, donde una fila de figuras con hábitos blancos se internaba hacia el centro del cuadro. Luego miró a sus marineros, inmóviles y expectantes, conservando las posturas en que se encontraban mientras limpiaban la sangre en la cubierta.

Muchas cosas vinieron a la mente de Emilio en un instante, muchas dudas y posibles explicaciones que en los sueños no tienen cabida y que llevaría muchas páginas describir ahora, pero una sola de ellas prevaleció en su horizonte: la firme decisión de conducir su embarcación hasta la misteriosa Orilla Blanca.

VIII

Pasó todo el día ensimismado; era un alivio que nada a su alrededor le importara. Ni el comienzo ni el fin del recreo, ni ganarle a Carlos la partida de ajedrez, ni el regaño de la maestra por no estar poniendo atención. Ni siquiera le hizo mella que lo mandaran a la cama quince minutos antes de las nueve. Se levantó de la mesa sin chistar y se fue a su cuarto.

—Algo le pasa a este niño —murmuró su mamá—: no platica, no repite veinte veces lo que le pasó en la escuela, no discute, no desobedece, no reclama…

—Déjalo —contestó su esposo—, ya sabes que Emilio tiene un ánimo muy cambiante y que frecuentemente necesita encerrarse en sí mismo.

—No me gusta —insistió la mamá—, ¿será por lo del compañero que se accidentó?

—Ni siquiera era su amigo, ya se le pasará —replicó él padre.

Ambos terminaron sus respectivas tazas de café con leche sin hablar durante un rato. La noche había caído como plomada por encima de sus cabezas. La madre se sirvió otra taza y encendió un cigarro.

—¿Ya te vas a poner a fumar? —se quejó el padre levantándose de la mesa y dispuesto a irse para evitar una discusión.

La mamá de Emilio dio una larga bocanada a su cigarro y, ahí sentada a solas frente a la mesa del comedor, pudo encerrarse en sí misma a meditar en lo que podría estar ocurriéndole a su hijo.

Después de entreabrir la puerta del cuarto de su hijo para ver si ya se había dormido, el padre de Emilio se dirigió a su estudio. Quería escoger unas transparencias para su conferencia del día siguiente sobre la fauna tropical en extinción. Apenas encendió las luces del estudio, estalló en una cólera muda: aquello era un desorden total, como si hubiera pasado un huracán por allí. El huracán se llamaba Emilio, sin duda. El escritorio estaba repleto de papeles y varios tomos de la *Enciclopedia Británica* abiertos, uno encima del otro. La computadora estaba encendida y el CPU caliente a más no poder; la impresora, sin hojas y, en cambio, había montones de papeles impresos desperdigados sobre la alfombra, las sillas e incluso sobre la colección de revistas en uno de los estantes. En el asiento de su escritorio estaba el *Libro de los muertos*, que narra las etapas y pruebas por las que tiene que pasar un difunto para llegar al "paraíso" de los tibetanos, y encima un volumen con todos los grabados de Gustave Doré, abierto en una página que mostraba la ilustración del Infierno de Dante.

—¿Cuántas veces tengo que decirle que si utiliza mis cosas las deje en su lugar? —refunfuñó el padre, cerrando de golpe ambos libros y colocándolos a un lado—. Este niño estaba buscando algo, pero no con curiosidad científica sino con desesperación —concluyó el padre con un dejo de orgullo: los frecuentes ataques de investigación que le daban a su hijo le recordaban su propia pasión de conocimiento cuando era joven. Ahora, en cambio, la literatura, los grabados de Doré y hasta la fauna tropical le provocaban bostezos.

Para mitigar su enojo, el padre de Emilio se puso a juntar todos aquellos papeles, con la intención de poner algo de orden y acabar de preparar su maldita conferencia. En uno de ellos alcanzó a ver la estampa de un astrolabio del siglo XI con la carátula dorada (más precisamente llamada "madre") y leyó la explicación al calce: "del griego *astro* que significa 'estrella', y *labio* que significa 'el que busca'". "Qué curioso —pensó el padre—: *labio*, como si buscar en qué parte del mundo te encuentras y qué horas son (que es precisamente para lo que los marineros usaban el astrolabio) tuviera que ver con mover los labios y hablar." Entonces recordó fastidiado su conferencia.

Por fortuna, en ese mismo momento otro de los impresos de Emilio llamó su atención: "El sextante es un instrumento que a partir del siglo XVI sustituyó al astrolabio en la navegación. Permite medir el ángulo entre el Sol y el horizonte y así saber en qué posición se halla un navío". "Sí, pero, ¿cómo?", se preguntó el padre, mientras en cuclillas sobre la alfombra examinaba el complicado mecanismo en la ilustración:

—Primero hay que colocar el sextante hacia el horizonte —murmuró—. Y luego... visualizar la línea del horizonte a través de la parte media ranurada del espejo fijo... Después hay que desplazar este otro espejillo, el espejo móvil, buscando el Sol, y... hacer coincidir su reflejo con la línea del horizonte... ¡Claro! —exclamó satisfecho de haber entendido—. Y como el espejo móvil tiene por detrás una aguja que se mueve sobre esta escala curva que marca los grados (inexplicablemente llamada *limbo*), la aguja indicará con toda precisión el ángulo entre el Sol y el horizonte. Lo único que resta es comparar esa medida con las cartas de navegación y ¡eureka!, ya se puede saber en qué punto del planeta se localiza nuestra embarcación. Mmm —se quedó pensando el padre—, ¿y para qué rayos quiere saber esto Emilio?

Pero en vez de prestar atención a la pregunta que sus labios musitaron, el padre terminó de apilar los papeles sueltos y se dispuso a levantar del escritorio los tomos de la *Enciclopedia*.

Uno de ellos estaba abierto en la entrada almanaque náutico: "Publicación anual que contiene las predicciones sobre la posición de los astros en el cielo durante cada día del año". Otro de los tomos estaba abierto en una página dedicada a los distintos tipos de brújula. "Sí que eran bellos esos instrumentos", pensó el padre. Ver todo aquello lo había puesto en ánimo de soñar. Cuando era  niño le fascinaba el tema de la navegación, ya fuera moderna o antigua, las historias de expediciones y las aventuras marítimas. Levantó los ojos hacia el más alto de los estantes en el librero, y aunque no alcanzaba a leer los títulos, recorrió los lomos con una mirada ansiosa. Debía estar ahí, sí, lo reconocería por la pasta amarillo quemado que recordaba perfectamente...

Cuando localizó lo que buscaba dio un salto y se encaminó hacia el librero, colocó la escalera y subió por aquel tomo que había disfrutado tanto, hacía más de treinta años: *La isla del tesoro*. Sin bajarse de la escalera hojeó ávidamente el libro. Toparse con aquel nombre, John Silver, bastó para que en su mente pasará como en una película vertiginosa toda la aventura descrita por Robert Louis Stevenson: la aparición de Billy Bones en la taberna donde trabajaba el joven Jim Hawkins. ¡Ah, Billy Bones y su viejo cofre, con aquel mapa que descubre Jim! La decisión de embarcarse para buscar el tesoro del capitán Flint. La planeación del viaje a bordo de la *Hispaniola*. Jim escondido en el barril de manzanas escuchando sin querer la traición que organizaba el pirata John Silver. La llegada a la isla y el desembarco de los desleales. El esperpéntico encuentro con Ben Gunn, ese viejo marinero abandonado por Flint en la isla. Los combates entre marineros leales y desleales en el fortín. La ambición, la sangre, la mentira, el valor…

Y así, parado a media escalera con la mirada perdida, se hubiera quedado disfrutando su película mental toda la noche, si no hubiera sido un hombre serio que no tiene tiempo de fantasías, ni de estarse emocionando por tesoros terrestres o marinos que están, de cualquier modo, en extinción.

Así que cerró el libro, lo colocó de nuevo en su lugar para que descansara ahí otros treinta años, bajó de la escalera y, dejando atrás ese regadero de sueños, azotó la puerta del estudio tras de sí mientras exclamaba en voz alta:

—Daré una conferencia sin fotos, ¡al diablo las transparencias!

IX

Soto Avendaño, Marcos, permanecía ensimismado mirando el mar, sentado sobre un taburete en cubierta. Tenía la cabeza ladeada sobre uno de los hombros, porque su cuello ya no podía sostenerla erguida. Su mirada saltaba inquieta sobre las ondas de agua, como si fuera un pez transparente. Los marineros apenas se le acercaban, ni siquiera para ofrecerle un tazón de comida o un tarro de agua. Temían cualquier contacto con el muerto. Emilio, o más bien dicho el capitán Juan Sebastián *Enano*, se hallaba muy atareado en su camarote definiendo la ruta que habrían de seguir. Apenas subía de vez en cuando al puente de mando. El timón giraba levemente de un lado al otro, sin que nadie lo sujetara. Pasaban las horas muertas en el navío.

De repente un anuncio del vigía rompió el sopor que reinaba a bordo:

—¡Montaña a la vista… por estribor, veinte grados a proa!

—¿Cómo que montaña? —gritó Jalil.

El resto de la tripulación volvió la vista hacia aquella mole oscura que se les acercaba a extrema velocidad, alebrestando el oleaje. Marcos, el *zombie*, ni se inmutó.

—¡Dos montañas! —gritó nuevamente Juanjo desde su puesto en lo alto del mástil central—. ¡Tres!

Basilio apareció de la nada y corrió hasta el timón. Desde el camarote y sin poder reaccionar a causa de sus cavilaciones respecto de dónde se hallaría la Orilla Blanca, Emilio escuchó la poderosa voz de don Gaspar de Quezada:

—¡No son montañas, imbéciles! ¡Giro de treinta a estribor!

Las velas se retorcieron, haciendo chirriar las maderas del mástil.

—¡Capitán, capitán, venga pronto, va a chocar contra nosotros! ¡Nos embiste!

Apenas salió a cubierta, los ojos de Emilio saltaron desorbitados. Una gigantesca boca se abría frente a la embarcación, abarcando todo el campo de visión de los marineros. De la mandíbula superior colgaban unas barbas muy largas, que hacían las veces de cortina. Tras la cortina, al fondo de esa bocaza, Emilio vislumbró el túnel más negro y profundo que jamás pudo haber imaginado. Subió al puente de mando para auxiliar a Basilio con el timón. Liborio, Jalil y Jonás manipulaban el velamen, jalando y soltando alternativamente las cuerdas. Eran marineros experimentados, sin duda alguna. Gaspar de Quezada gritaba a voz en cuello desde una posición invisible al timonel:

—¡Preparen los arpones! ¡Vamos, rápido, bajen las velas! ¡Amarren el timón!

La cresta de una ola empujó la proa hacia arriba y una tromba inundó la parte posterior del barco.

—¡Achiquen en pooopa! —rugió la voz del contramaestre.

Apenas un instante después, la embarcación se inclinó de punta sobre el vacío que estaba provocando la emergencia del monstruo entre las aguas. Como un cohete se irguió la inmensa mole de treinta metros de largo, en un intento por devorarse el cielo. Todos levantaron la vista estupefactos. Una vez que había alcanzado las alturas, la portentosa ballena azul giró medio cuerpo hacia atrás y voló entre los aires, describiendo una curva fabulosa antes de volver a zambullirse estrepitosamente en el mar. La embarcación de Emilio giró en sentido inverso, como un trompo, en un movimiento tan abrupto que por poco ocasiona el desgarre de las velas. La ballena se deslizó ligera como un fantasma gris entre el oleaje, en dirección poniente, a tal velocidad que unos cuantos segundos después se hallaba cerca de tocar el horizonte. La seguían dos ballenas más que ninguno de los marineros, a excepción del vigía, habían podido ver.

Escampado el alboroto en cubierta, Emilio alcanzó a ver la débil figura de Marcos sentado sobre el taburete. Estaba empapado de la cabeza a los pies, con las manos cruzadas sobre el regazo. Tan débil e indefenso lo vio que quiso gritarle desde el puente de mando "¿estás bien, amigo?", pero su voz se había reducido a un rasposo e ininteligible puji- do. Emilio estaba completa-

mente afónico debido a la cantidad de órdenes que vociferó durante el encuentro con la ballena. ¿Él? ¡Pero si no había abierto la boca! Fue Gaspar de Quezada quien gritó a más no poder, como si fuera el mismísimo capitán de la nave. Y por cierto, ¿dónde estaba ese hombre?, se preguntó Emilio, mirando en todas direcciones. En el fondo temía encontrarse frente a frente con él, pero sabía que tarde o temprano tendría que llamarlo al orden. Quiso alzar la voz y ordenar a uno de sus marineros que lo buscara de nuevo por todo el barco. Quiso llamar a su contramaestre para que se presentara ante él de inmediato. Quiso pasar revista a su tripulación para asegurarse de que ninguno había perecido durante las difíciles maniobras. Quiso, pero de su boca no salía ningún sonido que pudiera significar algo.

Emilio hubiera deseado detener el tiempo, detener su embarcación para entender qué estaba pasando y vislumbrar las posibilidades de su futuro inmediato, del futuro de su embarcación. ¿Quién rayos se había raptado su voz? ¿No estaba acaso extinta la ballena azul? ¿En qué siglo se hallaban? ¿En qué latitud humana?

Definitivamente necesitaba descansar, así que bajó a su camarote, mientras el Sol, cruzando el horizonte, se metía bajo la sábana de un mar en calma. También en los sueños puede uno irse a dormir, ¿o no? ¿A dónde lo llevarán a uno los sueños que uno sueña dentro del sueño?

X

El traqueteo del viejo camión de escuela no impidió que Emilio se durmiera recostado sobre el respaldo de su asiento, tratando de recuperar las fuerzas que había perdido en alta mar. Aun dormido sentía el escozor en la garganta y escuchaba muy a lo lejos el canto de la ballena azul transmitido por las corrientes submarinas. Poco a poco ese canto delgado y agudo se desvaneció, y en su lugar se hizo un silencio largo, consolador, invitante. Emilio se acurrucó mejor en su asiento, dejándose envolver por ese silencio y su noche íntima a mitad del trayecto hacia la escuela. Pero cuando ya estaba instalado en el quinto sueño, del fondo de la boca del monstruo surgieron, como escupidos a la fuerza, unos sonidos explosivos y familiares, demasiado familiares:

—¡...A! ¡...E! ¡...O! ¡...A! ¡...U! ¡...I!

Emilio sintió una marea de nostalgia en el cuerpo. Sin pensarlo abrió los ojos y vio una escena que recordaba muy bien.

Estaba en el consultorio del fonetista con Pipo aquella tarde en que su madre le pidió que lo acompañara, pues ella tenía una reunión muy importante a la que no podía faltar. De pie a unos metros del médico, su abuelo mantenía los brazos doblados frente al pecho y apretaba intermitentemente el puño derecho contra la palma de su mano izquierda. A cada apretón debía concentrar su energía y pronunciar una vocal:

—¡...A!, ¡...E! ¡...U!

Emilio, sentado en un rincón del consultorio, observaba la terapia que estaba tomando Pipo para volver a hablar, ahora que la esclerosis le había quebrado el flujo de voz.

Él, que acostumbraba platicar con la misma elegancia de su caligrafía *palmer* y que siempre contaba cualquiera de sus deliciosas anécdotas o de sus chistes favoritos comenzando con la frase: "En una ocasión...", debía aprender a hablar de nueva cuenta a sus ochenta años, como si fuera un niño de maternal que debe pronunciar sílaba tras sílaba. Ver el empeño que ponía Pipo en recomenzar un aprendizaje de siglos conmovió mucho al pequeño Emilio, quien se prometió no olvidar esa lección de persistencia que su abuelo, sin proponérselo, le estaba regalando.

—En una ocasión me encontraba yo en misa —relataba Pipo meses atrás— en una capilla de Marquina, haciendo de monaguillo, cuando de pronto entró a la iglesia mi tía María, la más jovencita, que había estado buscándome como loca por todo el pueblo, creyendo que algo malo me había ocurrido. Primero buscó con la mirada entre las filas de asientos donde se hallaban adormilados los feligreses; después caminó de puntitas por un costado para no fastidiar la ceremonia. Finalmente se hincó en uno de los reclinatorios frente a la Virgen y se puso a rezar, quizá por mí, quizá por ella, a quien castigarían por no cuidarme bien. El caso es que en el momento en que toqué la campanilla, que era una de las funciones del monaguillo, como todos vosotros sabéis, mi tía alzó la vista y exclamó sin pensar: "¡Emmanuel, chico guapo, culo gordo!" Imaginaos, ¡ahí en medio de la iglesia!… Y dicho esto, Pipo soltaba una carcajada de Santa Clos con boina.

Como todos los abuelos, Emmanuel tenía muchas anécdotas que contar, pero en especial las tenía porque había viajado mucho, principalmente en barco, siempre en busca de aventuras, siempre exilado, siempre optimista. Así viajó a los Estados Unidos en su juventud y trabajó corrigiendo la redacción de las instrucciones en los paquetes de Kellogg's. Cuando volvió a su pueblo lo llamaron "el Americano". El Americano, que no tenía un pelo de gringo, se había enamorado de una cubana y se la había llevado a vivir de vuelta al País Vasco, de donde tuvo que salir hacia Cuba años después, huyendo de la dictadura de Franco, que lo quería encarcelar y raparle la cabeza. Pipo siempre odió que le tocaran la cabeza. "Vamos a ponerlo de cabeza", le había dicho a Emilio una vez, cuando en una tarea de historia el niño debía pegar en su trabajo la estampita del "Generalísimo". La abuela del niño refunfuñó al oír tamaña ocurrencia. Y a Emilio le bajaron un punto en la calificación, por descuidado.

Pese a ser muy católico y muy "propio", a Pipo le gustaban los chistes que involucraban curas y caca. Y le gustaba contarlos de sobremesa:

—En una ocasión —contaba Pipo—, una señora muy fina, muy fina, invitó a tomar café al párroco de su iglesia. La señora tenía un simpático french poodle que se sentó obediente bajo el sofá que ocupaba el cura. Como el cura había comido demasiado aquella tarde, empezó a soltar unos vientos bastante apestosos. La señora, que era muy fina, muy fina, se limitó a replicar: "perrito, perrito", para fingir amablemente que ella culpaba a su mascota de la pestilencia. Al poco rato el párroco se echó otro pedo, más oloroso aún. "Perrito, perrito", repitió la señora, pues era muy fina, muy fina. No tardó el señor cura en soltar otra flatulencia que retumbó por todo el salón. Y entonces la fina señora, dirigiéndose a su french poodle, exclamó: "perrito, perrito, mejor muévete de ahí porque este señor te va a cagar encima".

Siempre iba a recordar las sabrosas carcajadas de Pipo; pero ahora, en su sueño dentro del sueño, Emilio lo había escuchado en cambio pronunciar con un esfuerzo sobrehumano una simples vocales, "¡…A! ¡…O! ¡…E!", y eso lo había llevado a tomar una decisión, que no pudo formular claramente sino hasta el momento en que entraba entusiasmado y repuesto al salón de clases: Enfrentaría a don Gaspar de Quezada esa misma noche, y no se rendiría hasta llegar a la Orilla Blanca. Quizá allí podría encontrarse con su abuelo y, como acostumbraban hacer los domingos antes de que muriera, volar con él un papalote.

XI

Juanjo, el vigía, anunció a grandes voces:

—¡Embarcaciones a la vista!

El capitán Juan Sebastián vio venir hacia ellos un grupo de naves relativamente pequeñas, pero mayores y más veloces que una barcaza común. Se trataba de diez chalupas de roble, de unos ocho metros de largo y apenas dos de ancho —según calculó al vapor—, que se desplazaban gracias a una vela central y a una hilera de remos a ambos lados. Cada embarcación era ocupada por siete u ocho tripulantes vestidos con pieles de animal, que viajaban a la intemperie en pleno mar abierto.

—¡Ha de este barco! —gritó uno de los tripulantes de la chalupa capitana cuando ésta se alineó con la carabela.

Emilio levantó el brazo para saludar al que parecía un puñado de simples pescadores.

—Capitán —gritó de nuevo el hombre del chalupa—, somos gente de paz. Hemos navegado desde las costas de Cantabria en persecución de la gran ballena.

—Nosotros acabamos de enfrentarnos con uno de esos monstruos —gritó el capitán Juan Sebastián—; son ustedes hombres muy valientes.

—Los somos, señor —respondió el ballenero—. Llevamos más de cinco meses de travesía; tuvimos que pasar hambre y sed; tuvimos que bordear la Orilla Blanca y escapar de su hechizo. Pero llegaremos al otro lado del mundo si es necesario. Llegaremos, sí, hasta la región más lejana, y la llamaremos Terranova.

—Sigan hacia el Poniente —indicó Emilio; él, que no sabía adónde debía conducir su propio navío.

Basilio, que se encontraba a su lado, le dio un codazo.

—Pregúntele las coordenadas de la Orilla Blanca —le dijo por lo bajo, ya que se trataba de un marinero amable que no quería hacer evidente la ignorancia de su capitán.

Emilio saltó del puente de mando y fue hasta la parte más baja en cubierta para hablar de cerca con el hombre de la chalupa.

—Dígame cómo llegar a la Orilla Blanca —pidió Emilio, haciendo caso a la sugerencia de su timonel.

El hombre de la chalupa guardó silencio, mientras meditaba su respuesta:

—No le aconsejo ir allí, capitán —dijo al fin, señalando sin embargo en dirección nororiente—. Lo difícil no es llegar, sino retirarse de esas aguas sanos y salvos.

Los marineros que alcanzaron a escuchar aquello se miraron unos a otros con zozobra. Y el pequeño Marcos, haciendo un esfuerzo descomunal, salió de su letargo y clavó la vista en los balleneros.

—¡Nosotros lo lograremos! —exclamó Emilio sin amedrentarse—; ¿a qué distancia nos hallamos de ahí?

El hombre se tomó unos minutos para hacer sus cálculos:

—Navegando a diez o doce nudos, y si el viento del sur no mengua, estarán aproximándose a la Orilla Blanca en dos días.

—¿Aproximándonos? —musitó Emilio.

El maestre Jonás se acercó entonces a los que dialogaban de embarcación a embarcación e intervino con voz segura:

—Exactamente, mi capitán, puesto que se trata sin duda de un límite que los vivos no podemos cruzar.

—¿Y quién o qué va a impedírnoslo? —replicó Emilio.

—El buen sentido —contestó el hombre de la chalupa—; nadie sabe qué hay detrás de esa Orilla debido a la espesa bruma que la envuelve. Podría no tratarse de tierra firme, ni tampoco de otro mar, ¡a quién le interesa averiguarlo! Lo único seguro es que no es un buen puerto para los vivos.

—Pensé que eran ustedes hombres de coraje —dijo Emilio en tono desafiante.

El hombre de la chalupa se alzó orgullosamente sobre su altura y replicó:

—Somos sobrevivientes y luchadores, capitán, no suicidas. Vamos en busca de la fabulosa ballena azul, no de espectros en el Limbo.

—Si el mundo de los muertos no lo asusta, capitán, piense en esto —agregó Jonás, cuya inteligencia se había mantenido oculta para Emilio hasta ese momento—: por más recia que sea nuestra embarcación, tiene una capacidad de navegación limitada. Puede avanzar, con buen viento, hasta una velocidad de trece nudos, pero dado el movimiento de la corriente, no puede hacerlo a menos de uno.

—Me temo que es verdad lo que dice su marinero —interrumpió el hombre de la chalupa un poco confundido—. Cuando nuestras embarcaciones se hallaban próximas a la Orilla Blanca, la misma fuerza que nos atraía hacia ella contrarrestaba la del viento sobre nuestras velas y el poder de avance de nuestros remos. Así que cuanto más nos acercábamos, más intensas eran las fuerzas que nos expulsaban lejos de ahí, en viento y marea.

Emilio hizo una mueca de incredulidad y Marcos, allá en su rincón sobre el taburete, cerró los ojos augurando nuevas complicaciones para llegar a su destino.

—Supongamos que estamos a sólo cuatro millas de la Orilla Blanca —siguió explicando Jonás—; si cruzamos la primera milla a diez nudos, seremos repelidos por una fuerza de dos. Aunque no disminuyéramos la velocidad, en el transcurso de la segunda milla seríamos repelidos por una fuerza de cuatro nudos. En el tercera milla, de ocho... Antes de alcanzar la cuarta y última habríamos llegado a un punto muerto, en caso de que nuestra embarcación fuera capaz de alcanzar ese punto imposible.

—Claro, capitán —añadió el ballenero, sin comprender muy bien las explicaciones de Jonás—; un límite es un límite.

—Imagínese —insistió Jonás al ver el gesto aturdido de Emilio—, que justo detrás de la Orilla Blanca hay un barranco. Aunque pudiéramos avanzar milla tras milla, cada vez con mayores esfuerzos, una vez cerca del borde no podríamos avanzar una milla más, pues caeríamos en el barranco.

—¿Y si avanzáramos sólo media milla? —preguntó Emilio.

—Estaríamos más cerca, pero no podríamos avanzar media milla más —contestó Jonás.

—¿Y si avanzáramos entonces un cuarto de milla, un décimo de milla, un centésimo?

—En ese punto no podríamos avanzar un centésimo de milla más. Sólo podríamos seguir aproximándonos sin llegar nunca.

—Eso sin contar con que estaríamos muertos de cansancio para entonces y hartos de ir frenando la nave —añadió Liborio haciéndose el listo.

Emilio estaba perplejo. Nunca imaginó que una aventura marítima implicara tantos quebraderos de cabeza. Y estuvo a punto de claudicar. Dirigió la vista hacia donde se encontraba Marcos y se topó con su expresión compungida y su mirada suplicante. No tenía argumentos contra los razonamientos de Jonás, ni contra el testimonio de los balleneros; no tenía más que una voluntad persistente y firme, así que se volvió hacia sus marineros y echando mano de la elocuencia que le heredó a su abuelo exclamó:

—¡Tripulación, no hemos navegado hasta aquí para enredarnos en consideraciones de pupitre! Tenemos la oportunidad histórica de realizar un viaje que ninguna embarcación ha logrado jamás. Hemos de traspasar un límite sobrehumano, una frontera imposible. Pero somos capaces de hacer eso y más.

Marcos esbozó un intento de sonrisa y suspiró hondo.

—¿Quién me sigue en esta aventura? —preguntó tontamente Emilio, sin tomar en cuenta que nadie podría abandonar la nave a mitad del océano y nadar hasta su casa.

—¿Juanjo?

—Firme en mi puesto —contestó el vigía desde lo alto del mástil.

—¿Jalil?

—Lo sigo, ¿por qué no? —respondió dubitativo el marinero.

—¿Basilio?

—Mantengo el rumbo con usted, capitán.

—¿Liborio?

—¿Qué otra me queda?, señor.

—¿Y tú Jonás?

Jonás asintió con la cabeza, considerando que al menos tendría ocasión de comprobar su teoría de las millas y el barranco.

Ya con dolor de cabeza por el parloteo, los balleneros hicieron maniobras para alejarse. Sus poderosos brazos se alzaron en señal de despedida.

—¡Buena suerte! —se gritaban los marineros de una embarcación a otra.

—Vas a necesitar algo más que suerte —masculló oscuramente don Gaspar de Quezada tras el hombro de Emilio. El niño sintió el tufo caliente de su aliento sobre la nuca y se estremeció. Giró rápidamente la cabeza pero sólo vio su propia sombra proyectada en el suelo, agrandada por la posición del Sol y el ángulo oblicuo de sus rayos sobre cubierta.

XII

Para sorpresa de Emilio, su sombra se incorporó del suelo y dándole la espalda marchó hacia la popa.

—¡Niño imbécil! —la oyó gruñir con voz grave.

—¡Date vuelta y dímelo a la cara! —gritó Emilio. Pero don Gaspar no se detuvo ni se dio vuelta, sino que siguió apartándose de él. Tenía una espalda grande y musculosa, un perfil de hombre rudo; ¿cómo iba a ser ésa *su* sombra? Tan *asombrado* estaba Emilio que no tuvo el coraje de seguir al contramaestre. Un temblor lo recorría, como si lo sacudieran por los hombros.

—Mi hijito, mi hijito, se te hizo tarde —le decía su mamá, sentada en la orilla de la cama—. Te dejó el camión, así que yo voy a llevarte a la escuela.

Durante el trayecto la madre lo estuvo ametrallando con preguntas sobre su estado de ánimo, su salud, sus amigos, las calificaciones.

—No tengo nada, mamá —le respondió Emilio—, estoy bien.

—Ay, "mi'jo", es que estos días te he visto muy *ensombrecido*. Tú eres un niño alegre y platicador, yo te conozco...

Pero ni la madre ni el propio Emilio conocían a ciencia cierta qué clase de niño era él.

Entró a la escuela arrastrando la mochila y con la mirada en el suelo. Y así la mantuvo todo el día para espiar las sombras de las personas, proyectadas en el piso. Al principio las sombras eran muy tenues y encogidas, pero ya para la hora del recreo se habían oscurecido y alargado tanto que era fácil distinguirlas. Unos niños lo invitaron a jugar futbol en el patio lateral. Aceptó, aunque apenas logró unos cuantos pases, pues las sombras de los niños que corrían por los adoquines lo distraían del juego. ¿Cómo es que nadie prestaba atención a aquellas criaturas flexibles y escurridizas, siendo que andaban por todas partes, deslizándose, saltando, deformándose, ocupando también un espacio? Si se las tomaba en cuenta resulta que la población de la escuela aumentaba al doble, lo mismo que la población mundial. Y si por alguna circunstancia se hicieran también visibles los ángeles de la guarda o los demonios de cada uno de nosotros, ¡que multitudes deambularían sobre el planeta! Ahora entendía por qué los muertos debían retirarse a otro sitio.

Ensimismado e inmóvil frente a la portería de los contrarios, Emilio recibió un maravilloso pase para tirar a gol. El balón tocó su pie derecho pero su mente no pudo reaccionar, así que pateó automáticamente la bola sin centrarla ni imprimirle la fuerza necesaria. Sus compañeros de equipo, seguidos de sus sombras exaltadas, se le abalanzaron a gritos.

—¡Idiota!, ¡ya despierta!, ¡mándenlo a la banca!

En la banca más cercana estaba Emma dibujando un mapa para la clase de geografía. Cuando Emilio, expulsado del partido, se le acercó, ella sonrió y le hizo lugar para que se sentara.

—Me choca dibujar mapas —dijo la niña—. Mira qué horribles me quedan.

Y sí que le quedaban mal: la península de Yucatán se veía más grande que México entero; el Océano Pacífico era dos veces menor que el Atlántico; África se ladeaba demasiado hacia el oriente, la punta de la Patagonia quedaba mocha en el Polo Sur...

—No te preocupes —le dijo Emilio para consolarla—, todos los mapas deforman los continentes y las distancias, porque son planos y la Tierra es redonda.

—Pero fíjate, fíjate en Canadá —insistió Emma—, en vez de rectangular me quedó como un cono...

—Un cono con helado encima —completó Emilio sonriendo.

—¡Ay sí! —farfulló Emma, mientras borroneaba con furia toda la costa oeste de Norteamérica.

Emilio levantó la vista y vio venir a Carlos, que cruzaba el patio seguido de una sombra larguísima. Llevaba en la mano un cuaderno, seguramente también el de geografía. Esa tarea les estaba causando problemas a todos, pensó Emilio; menos a él, que en aquellos días estaba muy familiarizado con mapas, por obvias razones.

—Yo de plano lo calqué —les confesó Carlos cuando estuvo frente a ellos—. Y para que la maestra no se vaya a dar cuenta me desvié a propósito en algunos trazos.

—¡Qué tonto! —dijo Emilio.

—Dirás "qué listo" —replicó Carlos abriendo el cuaderno y poniéndose en cuclillas. Su sombra se encogió entonces como un animal asustado tras las plantas de sus pies.

—Ves, Emma —saltó Emilio al ver las crestas que delimitaban el mapamundi calcado por Carlos—, todo sale siempre deformado: ¿A poco la orilla del mundo es como esta hilera de copos picudos? Pues no, es circular o más bien dicho elíptica.

—¿Y para qué sirven entonces los mapas? —replicó ella sin levantar la vista de su propio dibujo.

—Pues para darse una idea de la localización de los países y de las distancias entre ellos —respondió Carlos.

—Sí —completó Emilio—, una idea bastante vaga. De hecho —dijo señalando en el mapamundi con la punta de su dedo—, si tú navegaras en línea recta desde esta punta de África hasta la punta de Groenlandia estarías haciendo un trayecto curvo.

—¿A poco? —masculló Carlos.

Emma volteó a mirarlos con ojos divertidos:

—Pues claro, ¿no ves que el universo es redondo?

—¿Así que aunque yo me vaya derecho en realidad voy cur-veando?

—Creo que sí —respondió Emilio.

Carlos sentía que eso no podía ser verdad, así que se sacó de la manga un argumento:

—Yo no iba ladeándome cuando crucé el patio; caminé en perfecta línea recta hacia ustedes.

—Aunque recorras una distancia corta como la del patio —insistió Emilio—, y aunque sea la más corta posible entre dos puntos, en el fondo no deja de ser el tramo de una curva.

—¡Qué mala suerte! —dijo Emma olvidándose de su mapa—; eso quiere decir que por más lejos que se vayan, los que viajan no hacen más que dar un rodeo tonto.

Y Emilio tuvo que estar de acuerdo.

XIII

Esa noche al volver del trabajo, la mamá de Emilio lo encontró mucho más animoso. Y ya que su papá pasaría un par de días fuera de la ciudad, lo invitó a merendar juntos en la cama viendo la televisión. Ya habían pasado de las diez cuando, después de apagar el televisor, lo mandó a dormir.

—Déjame quedarme contigo —pidió Emilio, que esa noche no tenía ganas de volver a su embarcación—; tengo miedo de estar solo.

—De ninguna manera —contestó la mamá—; ya estás grandecito para eso.

Emilio insistió:

—Pero es que no puedo dormir porque oigo ruidos.

—Yo también oigo ruidos y me espanto algunas veces, pero entonces pienso que se trata del simple crujido de los muebles o de las puertas.

—¿Y por qué crujen?

—Yo qué sé —respondió la madre—, quizá porque cambia la temperatura ambiente. No hay que prestar atención a esos ruidos ni ser tan asustadizos.

Apenas se distinguían sobre el muro los delgados renglones de luz que los faroles de la calle proyectaban a través de las persianas. Emilio no intentó dibujar nada sobre ellos. Miraba indolente la pared de su cuarto como si estuviera esperando algo, o más bien como si lo estuviera temiendo. De pronto escuchó unos murmullos al final del corredor. "¡Ja! —se rio de sí mismo en silencio—, son los crujidos nocturnos de las cosas, que se estiran para despabilarse ahora que nadie las ve." Quizá valía la pena, de todos modos, retomar su antigua costumbre de construir un refugio imaginario para poder conciliar el sueño. Ya seguiría mañana con sus aventuras marítimas. Sin embargo no se puso de pie sobre la cama para hacer la ceremonia de clavetear los muros invisibles de su resguardo. Su oído seguía pendiente de cualquier rumor afuera de la habitación. Le pareció escuchar cómo un objeto pesado caía sobre una superficie acolchonada. "Eso no es un crujido", pensó. Pero luego pasaron varios minutos sin que se oyera nada más. "Tiene razón mi mamá —se dijo—, no hay que ser asustadizos." ¡Qué buen rato había pasado con ella esa noche! Y en la rica sensación que eso le había dejado se acurrucó y logró por fin dormirse.

Sin embargo, tanto silencio a su alrededor resultaba inquietante. Sólo percibía el crujido de los mástiles y el sonido de las olas contra el casco. Se había quedado adormilado en cubierta, recostado sobre el barril en que se almacenaban las manzanas. El taburete sobre el que Marcos solía permanecer estaba vacío. "¿Dónde está Marcos?, ¿dónde están todos?" Miró a izquierda y derecha sin ver a nadie. Levantó la vista en dirección al cielo. Juanjo había abandonado su puesto de vigía. A sus espaldas sintió el rumor de un forcejeo. Jonás y Liborio arrastraban a Marcos hacia la orilla del barco, con la intención de echarlo por la borda.

—¿Qué hacen? —gritó Emilio.

Jonás respondió:

—No se oponga capitán, es por el bien de todos.

Emilio volteó entonces hacia el puente de mando, buscando con la vista a su timonel, al tiempo que retumbaba desde ahí la voz de don Gaspar:

—¡Insurrección!

Don Gaspar maniobraba el timón y la embarcación giraba cuarenta y cinco grados a estribor. A sus dos flancos se hallaban Jalil y Basilio, con expresión desafiante.

—No iremos a la tierra de los muertos, capitán. Nos negamos a hacer una travesía tan absurda —rugió Juan José, encarándose con Emilio.

—¡Ustedes harán lo que ordene su capitán! —replicó el niño con firmeza.

—Lo siento —exclamó burlonamente don Gaspar de Quezada—; el capitán *Enano* ha sido depuesto —y en tono fiero añadió—: ¡Yo soy ahora el comandante de esta expedición!

Emilio dio un par de zancadas hacia donde se encontraba don Gaspar, dispuesto a luchar con él. ¿De dónde sacaba tanto valor? Por fin podía ver el rostro y la figura entera de aquel hombre siniestro. Juan José lo había seguido hasta el puente de mando, blandiendo una navaja. Escudado en el timón, don Gaspar miró casi con compasión al pequeño Emilio:

—Por si no lo ha entendido, señor *Enano*, esto es un motín. Y creo que lo mejor para usted es ponerse resignadamente bajo mis órdenes.

En lugar de abalanzársele, como había sido su intención, Emilio se detuvo en seco a reflexionar. Don Gaspar era un hombre enorme con el que era estúpido batirse cuerpo a cuerpo. Jalil y Basilio ya no estaban de su lado. Juan José le pinchaba la espalda con la punta de su navaja.

—Está bien —dijo Emilio—, pero suelten a mi amigo.

Don Gaspar hizo una mueca incomprensible:

—¡Cómo no!, lo soltaremos entre las olas.

Jonás y Liborio levantaron a Marcos por encima del suelo, listos para seguir el mandato de don Gaspar.

—¡Esperen! —exclamó Emilio, iluminado por una idea salvadora—: ¿no han pensado que puedo hacerlos desaparecer con sólo despertarme y no volver a construir nunca esta embarcación?

Jonás fue el primero en comprender que aquello era verdad, y haciendo una señal a Liborio, ambos dejaron caer el cuerpecillo de Marcos sobre cubierta. Basilio y Jalil se miraron dubitativos. Juan José bajó la navaja.

—¿Te atreves a desafiarme? —rugió don Gaspar—. ¡Con embarcación o sin embarcación te perseguiré como una sombra hasta el fin del mundo!

Aprovechando la vacilación de los otros marineros, Emilio continuó hablando:

—Entiendo, don Gaspar, que le atemorice seguirme hasta la Orilla Blanca, pues en la tierra de los muertos ya no hay cabida para sus sombras.

—Ellos mismos son sombras —murmuró Liborio, presa de un escalofrío.

Don Gaspar de Quezada se rascó la barba, incómodo; no quería enredarse en los razonamientos del niño.

—Yo no me embarqué para ir a tirarme de un barranco —arguyó sin embargo don Gaspar—. Soy pirata y navegante desde el principio de los tiempos. Yo navego en busca de tesoros.

—¿Tesoros? —preguntó Emilio con sorna—. ¿Hoy en día? ¿Qué clase de tesoros podríamos encontrar hoy en día? Está muy atrasado en noticias, don Gaspar; es usted anticuado y necio.

La ira se arremolinó en el pecho de don Gaspar, que se dobló sobre sí mismo como una bestia herida. Después de un pesado silencio, que detuvo en un punto muerto a la embarcación, la Bestia gruñó despacio y sordamente:

—La Perla Transparente del Panyab.

La horrorosa voz de la Bestia, más que sus palabras, dejó atónitos a todos los tripulantes, incluyendo a Emilio. Se repuso, sin embargo, para balbucear:

—De acuerdo, buscaremos su tesoro, don Gaspar; pero antes iremos a la Orilla Blanca para depositar el espectro de mi amigo.

Nadie alcanzó a emitir la más mínima objeción a la propuesta de Emilio porque una niebla muy densa comenzó a envolver la nave. En unos cuantos minutos la visibilidad se hizo nula. Emilio no alcanzaba a distinguir ni la palma de sus manos. Sólo se escuchaba el torbellino de mareas en torno del barco.

—La Orilla Blanca… —musitó Jonás, y su voz se ahogó en la espesa neblina.

XIV

¡Qué revuelo se armó esa mañana cuando descubrieron que por la noche habían entrado unos ladrones a la casa!

—Menos mal —dijo la madre de Emilio—, que no saliste de tu cuarto a ver qué pasaba cuando escuchaste ruidos; de haberte encontrado con esos hombres te habrían lastimado.

Emilio también se alegraba, aunque en verdad lamentó el robo del viejo reloj de pared que estaba en la sala. Le gustaba mirar el péndulo por horas y quedarse medio hipnotizado aquellas tardes en que eludía concentrarse en la tarea.

Llegaron los policías con todo y sus juguetes de detective a inspeccionar la casa; venían armados de una brochitas y unos polvos con los que, según ellos, iban develando aquí y allá las huellas digitales de los malhechores. Su mamá les dejaba hacer su trabajo, pero los vigilaba continuamente. Les tenía menos confianza que a los ladrones.

Se levantó un acta, se cambiaron las chapas, se pusieron alarmas, se notificó a los vecinos. El padre de Emilio volvió un día antes de lo previsto. Y Emilio, muerto de gusto, faltó a la escuela.

Ya que la biblioteca estaba intacta se refugió en ella mientras terminaban la inspección, para no escuchar cincuenta veces el relato que su madre hacía a toda persona que entrara por la puerta. Lo que a ella más le dolía era haber dejado sus finos aretes sobre la mesa de la cocina. Los aretes desaparecieron junto con la licuadora, el horno de microondas y la estatuilla de un caballo que a su madre le encantaba.

—Bueno —decía ella al final de su relato—, lo principal es que nosotros estamos bien. Y las cosas materiales, por más valiosas que sean, siempre pueden reponerse.

Sentado frente a la computadora de su padre, Emilio averiguaba si la dichosa Perla Transparente del Panyab sería en efecto un tesoro o un simple ardid de don Gaspar para desviar la travesía y convencer a los marineros de solaparlo. "En primer lugar —se dijo—, después de echarle un vistazo a la página web de *Wikipedia*, el Panyab no tiene salida al mar, sino sólo cinco ríos, ramales del Indo. En segundo, las perlas auténticas pueden ser de cualquier color, pero jamás transparentes."

De cualquier modo siguió navegando. Y entonces averiguó que en efecto en el Panyab, territorio al noroeste de la India, donde se desarrolló desde el siglo xv a. C. una de las civilizaciones más antiguas del mundo, se han venido cultivando perlas en ostras de remansos, además de mejillones, almejas, camarones y peces. La región es también famosa por su producción de algodón, mostazas verdes, lentejas picantes y una especie de trigo blanco llamada en inglés *pearl millet*.

Del Panyab procedía también aquel increíble "collar de Patiala" del maharajá Bhupinder Singh, que con todo y su enorme diamante anaranjado fue a dar a las arcas de la compañía joyera Cartier, de Francia. En la pantalla Emilio vio imágenes de construcciones fabulosas, como el Templo Dorado en Amristar, los jardines de Shalamar, la surrealista Ciudad de la Luna, Chandigarh, el magnífico edificio blanco a la entrada del Fuerte de Lahore o la geométrica mezquita de Badshahi Masjid.

Algo mareado por la vertiginosa sucesión de nombres enigmáticos, fotos y datos en la computadora, Emilio alzó la vista hacia el librero y se puso a imaginar la posible historia alrededor de aquella Perla Transparente del Panyab que obsesionaba a su contramaestre. Quizá una dama de la corte llamada Shalamar portaba esa perla en su cuello cuando Alejandro Magno invadió la región. Alejando la hizo prisionera, la despojó de la joya y la perla rodó de mano en mano, de botín en botín. O quizá la bella Shalamar fue ahogada en el río Jhelum junto con otros prisioneros y sus restos fueron a dar al hermoso lago Saif-ul-

Muluk, al pie del Himalaya. Emilio soltó un largo suspiro. Tuvo que admitir que quizá la Perla era sólo una leyenda propagada en las canciones de los monjes sufíes, o que se hallaba todavía dentro de su concha en la profundidad de las aguas…

Hizo clic de nuevo y el ansioso descenso del cursor lo llevó hasta un párrafo que le interesó especialmente. Eran las palabras pronunciadas por un famoso gurú ante las multitudes de Chandigarh en pleno siglo XXI:

Una ostra es valiosa sólo cuando se encuentra una perla dentro de su concha. De la misma manera, nuestra vida es valiosa sólo después de que hemos hecho realidad la invaluable perla del Conocer.

Más adelante el gurú contaba un cuento:

Nuestro cuerpo es una casa maravillosa en la cual vivimos, pero hemos perdido a su Morador. Había un hombre sencillo a quien le robaron su caballo. Al amanecer, cuando descubrió el robo, exclamó:

—¡Gracias a Dios estoy a salvo!

La gente, asombrada, le preguntó:

—¿Por qué está tan agradecido? ¿Acaso no perdió su caballo?

—¡Oh —contestó el hombre—, si yo hubiera estado montado en el caballo, también me habrían raptado!

La gente rio de su insensatez, pero verdaderamente aquel hombre fue muy sabio. ¿No perdemos al jinete mientras nos ocupamos de salvar al caballo del cuerpo? Somos el jinete, el Alma que piensa, una gota en el Océano de Toda Conciencia.

Emilio meditó unos segundos pero no acabó de comprender el cuento, así que siguió dando clics a lo loco, hasta que dio con una galería de fotos que mostraban atardeceres de película sobre las aguas de los cinco ríos del Panyab. Un sol anaranjado y grande como el diamante de Patiala enrojecía las aguas, recordando al espectador los cientos de guerras perpetradas a orillas de aquellos ríos en el transcurso de la historia, y toda la sangre que se vertió: sangre de vedas, griegos, persas, turcos, mongoles, británicos, musulmanes, hindúes, afganos y sijs.

¿Quién iba a imaginar que al otro lado del planeta, justo en la parte opuesta a México había un lugar tan misterioso y abundante en tesoros, sabiduría y batallas sangrientas?

Envuelto en la bruma de estas pesquisas, Emilio olvidó por completo lo más sustancial de su sueño de la noche anterior: que su embarcación había llegado, quizá por la *derrota* forzada de cuarenta y cinco grados consumada por la Bestia, a la intraspasable Orilla Blanca. Definitivamente, la mente nos juega trastadas para distraernos.

XV

Fue seguramente la enorme ilusión que Emilio tenía de reencontrarse con su abuelo lo que ocasionó aquella espontánea *derrota* en el rumbo de su embarcación; pero una vez en las brumosas y melancólicas inmediaciones de la Orilla Blanca, el niño concluyó que Pipo no podría hallarse en un lugar tan tenebroso. "Su propio corazón —pensó Emilio—, era un sitio más alegre y vivo"; así que Pipo se habría instalado ahí, para acompañarlo y darle fuerzas siempre.

Considerando, además, que un verdadero capitán jamás abandona su navío, sobre todo después de un motín; ordenó a Jalil y a Jonás que acompañaran a Marcos en la balsa de salvamento hasta la costa, mientras el barco se mantenía inmovilizado un par de millas mar adentro. Si bien ambos hombres obedecieron a Emilio de mala gana, la verdad es que su curiosidad de marineros pudo más que el miedo. Iban a ser difíciles, pensaron, las maniobras en medio de la neblina; pero para sorpresa de Jonás, y en contra de todos sus cálculos, una vez que fue colocada sobre el agua y que bajaron a ella sus tres tripulantes, la balsa se deslizó suave y obediente hacia la Orilla Blanca. Emilio vio alejarse la balsa con cierto sentimiento de tristeza pero sobre todo de liberación: había cumplido al fin con aquel compañero infortunado.

Ninguno de los que permanecieron en el navío alcanzó a vislumbrar lo que estaba ocurriendo allá en la Orilla, ni siquiera Juanjo, que forzaba la vista desde lo alto del mástil. Después de un rato que les pareció infinito, la balsa regresó conducida por una corriente extraña. Quizá debido a que la niebla se había densificado aún más, no la vieron venir; sólo apareció de pronto como un fantasma y topó contra el casco del barco. Emilio llamó a sus marineros:

—¡Jalil!, ¡Jonás!

—Aquí estoy —respondió una voz—; láncenme una cuerda para subir.

Casi a ciegas los marineros jalaron la cuerda y sin mayor esfuerzo hicieron subir a bordo a alguien que, sin duda, no era Jalil.

—¡Jonás! —volvió a gritar Emilio asomándose por la borda.

—Aquí estoy —respondió otra voz débil desde la balsa—; ¡láncenme la cuerda para subir!

Esta vez, gracias a su olfato, los marineros comprendieron que quien iba elevándose hasta el barco era una mujer. Liborio,

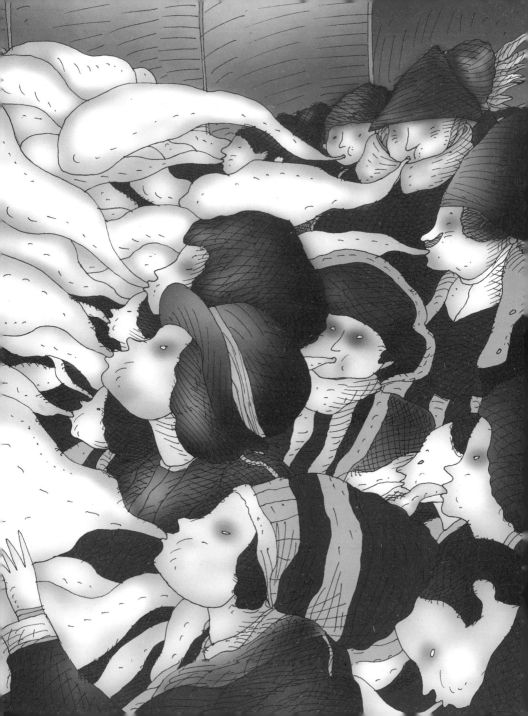

Basilio y Juanjo se restregaban los ojos para aclararse la visión.

—¡Jalil! —volvió a gritar Emilio con mayor insistencia—, ¿quiénes son estas gentes?

La respuesta fue sólo:

—¡Láncenme la cuerda para subir!

Asidos a la cuerda subieron a bordo otras dos figuras enclenques.

—¿Dónde están mis marineros? —gritó Emilio doblando su cuerpo sobre la orilla del barco.

—¡Aquí estamos! —respondieron varias voces a un tiempo. La cuerda fue vuelta a lanzar una y otra y otra vez, llevando hasta cubierta a personas desconocidas.

—¿Qué es esto? —gimió Liborio al cabo de un rato—; nos estamos llenando de polizones.

Don Gaspar permanecía a cierta distancia sin decir una palabra. En cierto momento volvió la espalda y se agazapó en un rincón como un felino.

Emilio siguió llamando a Jalil y a Jonás mientras la cuerda bajaba y subía, hasta que nadie en la balsa contestó a sus llamados. Un suave rumor entre las aguas les hizo saber que la barca se alejaba. Se volvió hacia el grupo de intrusos que entreveía tras la niebla y estalló en preguntas:

—¿Qué fue de mis marineros?, ¿quiénes son ustedes?, ¿quién los trajo hasta aquí?, ¿qué hacen en mi barco?

Una de las figuras respondió:

—Sus marineros prefirieron quedarse en la Orilla Blanca; nosotros, en cambio, queremos volver al mundo de los vivos.

—¡Pero eso es imposible! —exclamó Emilio, motivado menos por la lógica que por una íntima fidelidad a las reglas de la naturaleza—. En el mundo ya no hay lugar para ustedes; su tiempo terminó.

La misma voz contestó sin alterarse:

—En la Orilla Blanca el tiempo no cuenta ni se acaba; ahí el pasado y el futuro son lo mismo. Eso fue lo que fascinó a sus hombres, capitán. Nosotros, en cambio, queremos volver del pasado y del futuro hasta el presente de la existencia, y hemos de reencontrar nuestro lugar en ella. Usted, capitán, es el enviado que esperábamos para hacer el viaje de regreso.

Liborio estaba lívido, Basilio temblaba, Juanjo se esforzaba en escuchar la insólita conversación desde su puesto. Emilio se acercó a los polizones y extendió la mano para tentar uno a uno sus rostros. Con tacto de ciego, las yemas de sus dedos recorrieron pómulos, frentes, labios, barbillas, y parecieron hacer memoria… Aquellas facciones le producían a Emilio una inquietante sensación de familiaridad. Al llegar al rostro de una de las mujeres, sus manos se paralizaron. Emilio se dio vuelta abruptamente y ordenó a su timonel:

—¡Vámonos de aquí, Basilio! Leven anclas.

Liborio replicó con voz temblorosa:

—Nunca lanzamos el ancla, capitán.

Emilio recordó entonces las advertencias del ballenero: lo más difícil no era aproximarse a la Orilla Blanca, sino apartarse de ella. ¿Qué haría ahora sin la inteligencia de Jonás, sin la pericia de Jalil?

—Nos necesita, capitán —dijo otro de los muertos—. Nosotros soplaremos sobre las velas y su embarcación zarpará.

Antes de que Emilio o cualquiera de los marineros reaccionaran, el barco comenzó a desplazarse lentamente. Basilio giró el timón y la nave fue saliendo de la zona de niebla mientras una noche sin estrellas caía sobre las cabezas de la nueva tripulación.

Emilio se dirigió a su camarote para encender la lámpara de aceite y volver con ella a cubierta. Después de varios intentos fallidos con el mechero, se sentó abrumado sobre su catre. ¿En realidad tenía una embarcación sólo para llevar y traer a los muertos de orilla a orilla? ¿Era ésa su triste misión? Don Gaspar había estado en lo cierto. Mejor habría sido lanzarse sólo en busca de tesoros, como aquella famosa Perla del Panyab. Con paso indeciso y sin luz que lo alumbrara volvió a cubierta. El viento empujaba el navío a una velocidad regular, casi tranquilizante. Ya no había rastros de neblina. Salpicados por el suelo, aquí y allá, estaban los polizones ovillados en sí mismos, descansando. También Basilio, Liborio y Juanjo se habían acomodado en sus puestos para dormir. Emilio caminó entre los bultos humanos; iba escuchando ronquidos, toses y esporádicos suspiros. Nunca se había sentido tan solitario. Ni siquiera cuando en su casa, a altas horas de la noche y presa del insomnio, caminaba de puntitas por el corredor, la cocina, el comedor, la sala, mientras sus padres dormían.

Ya recostado en su camarote, escuchó una especie de silbido que cortaba el aire, seguido de un gruñido muy quedo. Unos segundos después oyó otro ruido similar. Después otro y otro, como rasgaduras de papel. "Es el crujido de las maderas —se dijo—; son las velas que se estiran con la presión del viento. Todo duerme allá afuera, no hay que alarmarse." Y se dispuso a descansar él también, murmurando aquella frase que su abuelo solía decir al final de una jornada difícil: "mañana será otro día".

En cuanto cerró los ojos se hundió en una pesadilla aún más escalofriante que los acontecimientos de aquella tarde. En ella distinguía con absoluta claridad el rostro de cada uno de los intrusos que llegaron en la balsa, y a todos reconocía. Se trataba de personas con las que trataba a diario: su padre, su madre, la maestra, su amigo Carlos, otros dos compañeros de quinto, el jardinero de la escuela, el maestro de deportes, el policía de la esquina, uno de sus vecinos, el vendedor del puesto de revistas, el pediatra al que lo llevaba su mamá cuando era pequeño...

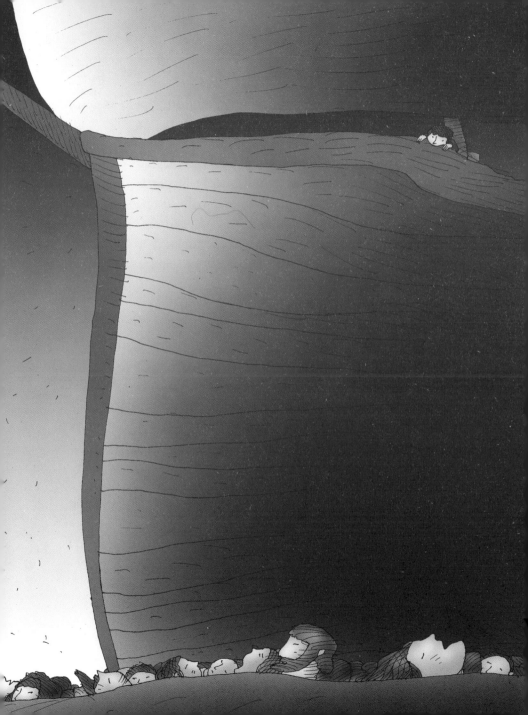

Todos ellos muertos en el pasado o en el futuro, pero ansiosos de volver a vivir.

Por fortuna, la pesadilla se disipó con los primeros rayos de la mañana. Emilio estiró los músculos bajo las mantas y sintió con alegría el acompasado vaivén del agua. Daba por seguro que la complicada situación del día anterior se había disipado también y que lo esperaba una estimulante travesía, ahora sí en busca de un tesoro. Saltó a cubierta y comprobó que los polizones ya no estaban ahí. El sol bañó su frente. Basilio y Liborio miraban el mar como un par de encantados.

—¡Buen día, marineros! —exclamó Emilio.

Pero ellos no respondieron ni voltearon a mirarlo. En cambio, Basilio señaló hacia un punto concreto a poca distancia. Emilio entrecerró lo ojos para distinguir qué era aquello que flotaba como una boya y daba volteretas entre las olas. Era una cabeza. A pocos metros flotaba otra, y más allá, otra y otra y otra más, como flores esperpénticas diseminadas alrededor de la embarcación.

Emilio tardó unos segundos en comprender y espabilarse.

—¿Quién hizo esto? —exclamó.

La Bestia salió de su escondite en cubierta, mostrando con cínico orgullo una hoz ensangrentada.

—Los cuerpos se sumergieron de inmediato —dijo con una sonrisa oblicua—; ya estarán en el fondo del océano.

Sin necesidad de recibir la orden por parte de su capitán, Basilio, Juanjo y Liborio se abalanzaron sobre don Gaspar para amarrarlo a uno de los mástiles.

—¡No, con cuerdas no —gritó Emilio—; encadenen al asesino!

Don Gaspar no opuso resistencia ni dejó de sonreír descaradamente:

—Pero si ya estaban muertos... Debería agradecérmelo, capitán. ¡Ahora somos libres! —rugió exaltado y cubierto de cadenas.

XVI

Aunque Emilio tenía muy clara la diferencia entre sueño y realidad, lo tranquilizó ver a su madre y a su padre desayunando como si nada. La maestra también estuvo ahí en el salón de clases, vivita y coleando para hacerles un examen sorpresa de ciencias naturales, en el que le fue bastante bien. Y en el recreo, escondidos tras unos setos, Carlos y Emma jugaron con él a las cartas. Los naipes estaban prohibidos en la escuela, pero a ellos les fascinaba jugar Veintiuno. Era un juego sencillo, que dependía más bien del azar. Y Emilio casi siempre ganaba.

—¡Pero concéntrate! —se quejó Carlos, cuando llegó el turno de Emilio y éste en vez de tirar se quedó viendo a la guapa maestra de música que pasaba corriendo por el patio hacia la Dirección. Llevaba una falda con holanes de gasa que se alzaban graciosamente con el aire. "Parece un hada", pensó Emilio.

Emma se dio cuenta de lo que tenía distraído a Emilio y le hizo burla:

—Te gusta la maestra Lucía, ¿verdad?

—No —dijo Emilio muy serio volviendo a mirar sus cartas—, no me gusta para nada.

—Claro que sí —exclamó Carlos dispuesto a divertirse a costa de su amigo—; en los ensayos del coro siempre te le quedas viendo.

Emilio tiró una carta cualquiera; de todos modos, tenía mal juego:

—Ni me le quedo viendo, ni me gusta —replicó secamente.

—Claro que te le quedas viendo —insistió Emma—; y hasta se te va la voz.

Emilio trató de terminar con ese tema:

—Bueno ya jueguen… Lo que pasa es que me gusta cómo canta. A mi abuelo Pipo también le gustaban las mujeres que cantan; me lo decía siempre: "búscate una mujer que cante bonito, lo demás no importa. Cuando te enojes con ella, le pides que cante, y el enojo se te pasará".

A Carlos se le iluminó la cara antes de tirar su turno. Completó tres series de veintiuno y se le habían acabado sus cartas.

—¡Gané! —dijo entusiasmado.

—Pura suerte —replicó Emma, escudriñando preocupada los tres naipes que sostenía en su mano.

—Nada de suerte —dijo Carlos poniéndose de pie—, simplemente llevé a cabo una estrategia genial.

—¡Qué estrategia ni que nada! —reclamó Emilio—; por más listo que seas, si no te tocan buenas cartas, pierdes.

—Claro que sí —añadió Emma—, yo jugué perfecto y ya ves, estoy atorada con estas estúpidas cartas.

—Ya me aburrí —dijo Emilio dejando caer las suyas sobre el césped—, vamos a hacer otra cosa.

—Sí, claro —reclamó Carlos—, cuando tú vas perdiendo entonces se acaba el juego.

De cualquier manera ya había sonado el timbre para formar filas, así que Emma recogió los naipes a toda velocidad. Justo a tiempo, porque empezaron a caer goterones sobre sus cabezas. Los niños miraron al cielo, que en un santiamén se había llenado de nubes.

—Uy —dijo Carlos cerrando el zíper de su chamarra—, va a caer un tormentón.

Contrariamente a lo acostumbrado en la ciudad de México, la tormenta que empezó a la hora del recreo duró hasta muy entrada la noche, pues un huracán había tocado las costas del Pacífico. Emilio escuchaba los truenos desde su cama y el martilleo furioso del agua contra el pavimento, contra el tragaluz del corredor y a ratos contra la ventana. "Está lloviendo en todas direcciones", se dijo. Era bueno estar bajo techo y cobijado. Y también era bueno estar despierto aún: le angustiaba la sola idea de volver a su embarcación.

—Las cosas se han puesto muy difíciles a bordo —murmuró Emilio—; de nada me han servido mis investigaciones, mis planes de viaje y mi valor. Mejor me acurruco esta noche en mi refugio imaginario.

Pero cuando ya estaba cómodo, calientito y sintiéndose dulcemente a salvo, notó que en una esquina de su refugio una criatura enorme se retorcía exasperada, haciendo chocar las cadenas que la ceñían.

—Te dije, capitán *Enano*, que te seguiría hasta el fin del mundo —exclamó la criatura—. Y ten por seguro que no te dejaré en paz hasta que me liberes.

Apenas escuchó las palabras de don Gaspar en su conciencia, Emilio saltó del catre. Ya de pie, tuvo que hacer esfuerzos sobrehumanos para mantener el equilibrio. La embarcación se balanceaba violentamente de un lado a otro, la línea del horizonte subía y bajaba hasta el borde de la claraboya y el suelo del camarote se había inundado. Un relámpago iluminó el espacio durante un instante, y luego se escuchó el golpe seco de uno de los mástiles desplomándose sobre cubierta.

—Dios mío, ¿y ahora qué hago?

Subió a cubierta dando tumbos de borracho y a media escalerilla vomitó. Una tromba de agua lo tiró al suelo. Olas de más de diez metros de alto se alzaban a babor y a estribor, azotando segundos después la embarcación, que parecía una cáscara de nuez a punto de quebrarse en mil pedazos. El restallar de las maderas del barco competía con el estruendo de los truenos y el chocar del oleaje. El mar entero era un monstruo titánico que bramaba en medio del universo.

Empapado hasta la médula de los huesos, hasta el rincón más recóndito de su espíritu, Emilio se incorporó y miró los restos de las velas destrozadas, así como un tramo del mástil incrustado en la proa. Allá arriba, en el puente de mando, Basilio luchaba por mantenerse frente al timón, pero era una y otra vez arrojado lejos por las constantes trombas de agua. Liborio se abrazaba a uno de los mástiles, gritando a voz en cuello algo que Emilio no alcanzaba a oír. En la popa podía ver por momentos a Juan José, ofuscado en el intento de sacar las toneladas de líquido que inundaban el barco con un ridículo cubo de agua. Don Gaspar luchaba desesperadamente por soltarse de sus cadenas.

Emilio supo entonces que iban a perecer; pero algo en su interior, quizá el mero instinto de supervivencia, lo hizo reunir todas las fuerzas de su vida en ese solo instante. En medio de aquella tempestad de magnitudes diabólicas se abrió una ráfaga de cielo despejado en su conciencia, como si el tiempo se hubiera detenido para dejarlo pensar. No pensó, sin embargo, sino que corrió hacia donde estaba don Gaspar y, tensando al máximo sus pequeños músculos, lo ayudó a deshacerse de las cadenas. Una vez liberado, don Gaspar se lanzó hacia el puente de mando, recogió del suelo un pedazo de cuerda y amarró su cintura a las maderas del timón, para luego maniobrarlo de acuerdo con los bandazos del oleaje y del viento enfurecido. Emilio miró estupefacto a aquel ser que gritaba imprecaciones al cielo, que desafiaba al mar con la valentía de mil hombres y la temeridad de Belcebú:

—¡Aquí me tienes maldito dios de los océanos! ¡Devórame con tus lenguas de agua, si puedes! ¡Calcíname con tus tentáculos de fuego! ¡Húndeme en tus fauces hambrientas! Mira aquí a tu fatal enemigo; mira al hombre que se opone a tu poder. Soy el jinete que te domina. ¡Mírame cabalgar sobre tu caballo encabritado! ¡Mírame y avergüénzate, Poseidón!

Los alaridos de la Bestia humana parecieron enardecer aún más a la tempestad. Un relámpago cayó sobre don Gaspar e hizo resplandecer su rostro crispado en medio de un último grito:

—¡Te venceré!

Sus manos dieron un potente viraje al timón, haciendo que la nave girara sobre sí misma como un trompo, y que con ese impulso se elevara varios metros por encima del agua. Emilio apretó los párpados para no ver, y en esa micra de segundo se encomendó a su abuelo, a la Virgen de Guadalupe, a todos los santos, al ángel de los marineros y de los niños demasiado audaces y, ¿por qué no?, al mismísimo demonio de los sueños. Antes de que la fuerza de gravedad hiciera caer la nave pesadamente sobre el mar, don Gaspar dio otro tirón de trescientos sesenta grados, esta vez con mayor energía, para que la nave se mantuviera suspendida en el aire. El giro ocasionó un vacío justo debajo de ella e hizo que una columna de agua emergiera del

mar como una torre solitaria. El casco de la embarcación se posó entonces sobre esa torre líquida, que la sostuvo igual que una mano providencial, muy por arriba del encrespado oleaje. Y así, llevada por la fantástica columna, la embarcación de Emilio se desplazó en dirección sureste hasta que el viento y las olas se apaciguaron. Durante los siguientes minutos la torre de agua fue decreciendo poco a poco hasta que el barco se halló de nuevo a nivel del mar. Emilio clavó la vista en don Gaspar, cuya extraordinaria destreza los había salvado. El contramaestre se había quedado inmóvil, amarrado al timón, con los ojos desorbitados. Emilio corrió hacia él para saber en qué estado se encontraba y si podía prestarle algún auxilio. Cuando lo tuvo frente a sí y observó aquellos ojos inertes abiertos de par en par, supuso que don Gaspar de Quezada había muerto ahí mismo, de pie. Sin embargo, reanimado por el aliento de Emilio junto a su cara, don Gaspar parpadeó, y después de una honda inhalación masculló con voz satisfecha:

—Ahora sí, capitán, vayamos en busca de nuestro tesoro.

Y dicho esto, cayó desmayado de cansancio sobre el timón.

XVII

El amanecer sorprendió a aquel grupo de hombres exhaustos yaciendo en cubierta como muñecos desvencijados. Un rayo de luz intermitente a lo lejos se abrió paso entre los jirones coloreados de las nubes y llegó hasta la frente de Emilio, despertándolo. El capitán Juan Sebastián miró los destrozos que la tempestad había ocasionado en su embarcación. Se sentía vencido por los elementos e incapaz de continuar la travesía. Sin embargo, aquella luz intermitente que seguía golpeando su frente lo obligó a lanzar la mirada hacia el horizonte. Aguzando la vista logró distinguir un faro. Del suave traqueteo del agua en el casco parecían provenir aquellos sonidos tan familiares y tan queridos: "¡...A! ¡...E! ¡...O! ¡...A!" Emilio se preguntó entonces si aquel faro no estaría manejado por su abuelo Emmanuel para guiarlo a puerto.

—¡Miren allá! —gritó a sus marineros señalando hacia la

lejanía. Juan José se incorporó y preguntó de qué se trataba—. ¡Es un faro!

Juanjo, con todo y sus ojos de lince acostumbrados a la distancia, no logró divisar tierra.

—Es sólo un espejismo, capitán —dijo tristemente.

Emilio seguía escuchando los golpes de voz del agua: "¡...A! ¡...O! ¡...I! ¡...E!" Se puso en pie y avanzó hacia la popa.

—¡Nada de espejismo! ¡Basilio, naveguemos en aquella dirección! —exclamó con el brazo extendido.

—A la orden —balbuceó el timonel todavía atolondrado, mientras arrastraba sus pasos hacia el puente de mando.

—¡Manos a la obra! —dijo Emilio dirigiéndose a Liborio, quien a duras penas logró responder:

—Pero... no hay velas que izar, capitán; los amarres están rotos, el mástil central, despedazado...

—Pues usa entonces las mantas de mi catre; usa nuestras camisas, nuestras capas, lo que sea, para improvisar un velamen. Emplearemos los trozos de aquel mástil y las vigas más largas como remos. Debemos avanzar: ¡...A! ¡...E! ¡...O! —exclamó Emilio. Y su voz resonó a todo lo ancho de la bóveda celeste.

Luego, dándose vuelta hacia su tripulación que por fin había empezado a espabilarse, Emilio preguntó:

—¿Dónde está nuestro héroe, dónde está don Gaspar?

El Sol se alzó por arriba del horizonte irradiando claridad.

Y la sombra de cada uno de los marineros se puso también en pie. Justo tras de su oído, Emilio escuchó la voz del contramaestre:

—Aquí estoy, capitán, cuidándole las espaldas; recuerde que soy su sombra.

—Pues entonces ven conmigo —susurró Emilio, y bajó a su camarote—. Si mis cálculos no me fallan —dijo estudiando la carta de navegación—, hemos navegado ya hasta la punta opuesta del globo, así que pronto nos encontraremos ante las costas de la India.

Don Gaspar no contestó, pero Emilio sentía su tibia respiración por encima del hombro. Juanjo, desde su puesto de vigía, lanzó un grito de felicidad:

—¡Tierra a la vista!

Cuando el Sol había alcanzado el cenit, la embarcación de Emilio se hallaba en las inmediaciones de la costa. No había ningún faro a la vista, ni sitio alguno para encalar. En cambio se abría ante ellos la desembocadura de un enorme río.

—Entraremos por ahí —dijo Emilio con voz resuelta.

—Pero, capitán —advirtió Basilio—, tendremos que navegar a contracorriente.

—¡No replique timonel!, y siga mis instrucciones —ordenó Emilio, sujetando con sus propias manos uno de los trozos de mástil que usarían como remo.

Con gran esfuerzo de todos, avanzaron varias millas por la zona media del río, cuyas orillas apenas se vislumbraban de tan ancho que era. En las primeras horas de la tarde encontraron una bifurcación, y a una seña de Emilio, giraron a babor para internarse en un río de menor escala. La embarcación se deslizó entonces con facilidad, movida ya sólo por la brisa y el flujo natural del agua: la seguía una parvada de garzas blancas, delgadas y estridentes. A ratos caían torrentes de una lluvia pegajosa, y entonces las garzas volaban a refugiarse entre los sembradíos. Pero cuando el chubasco cesaba, volvían a sobrevolar la cabeza de los marineros. Basilio abandonó el timón, dejando que el navío siguiera el curso pasmoso de la corriente, la cual iba serpenteando, dividiéndose en cauces alternos, desviándose en alguna vertiente del río, para volver millas arriba a encontrarse con un cauce más caudaloso. Liborio iba cuidando que la nave no se atascara en un vado. Y Juan José miraba desde su puesto poblaciones dispersas y borrosas a la distancia. Entreveía por momentos alguna especie de palacio solitario, algún templo, algún puente o el delta de otro río que, como un ramaje de agua, parecía recostarse sobre amplias zonas de vegetación.

Pese a la tranquilidad de aquella travesía río adentro, Emilio no descansaba. Sentado en el taburete donde solía viajar el pequeño Marcos, dialogaba en voz baja con don Gaspar, mientras ambos examinaban el mapa de aquella región. No buscaban una isla, ni siquiera un islote. A juzgar por los señalamientos que hacía don Gaspar sobre el mapa, lo que buscaban era un gigantesco ojo de agua, un lago quizá, que debía ubicarse al pie de las montañas nevadas.

—Se trata de la Laguna Escarlata, y su señal son estas dos lunas marcadas aquí —dijo enigmáticamente el contramaestre.

Tan inmersos en su indagación estaban que no prestaban atención a los chubascos intermitentes, y se limitaban a pasar la mano abierta sobre el mapa, cuyas líneas comenzaban a desleírse. Empeñados en encontrar la ruta más directa entre el enredo de afluentes, meandros y arroyos que conectaban los cinco ríos de aquel misterioso valle, no se percataron de que la noche había caído sobre ellos, quizá porque una Luna completamente llena en mitad del cielo les permitía ver todavía. Don Gaspar, cuya figura se había ido disolviendo conforme la penumbra se expandía, se inquietó sin embargo cuando escuchó que el graznido de las aves que sobrevolaban la embarcación, en vez de hacerse más esporádico con la caída del anochecer, iba en aumento.

Pronto ya no se trataba realmente de graznidos sino de un auténtico griterío humano que llenaba el espacio. Los marineros dirigieron la mirada hacia una y otra ribera, esperando ver una horda de nativos en pie de lucha. Pero no vieron absolutamente nada. Iluminados por la claridad lunar, los campos que se extendían más allá de las orillas estaban en completo sosiego. El confuso clamor de las voces crecía, sin embargo, a ambos lados del río. De la ribera derecha parecían venir los bufidos ansiosos de varios miles de caballos colocados en estricta formación, refrenados por las interjecciones de sus jinetes. De la ribera izquierda provenía el barruntar imprevisto de un elefante, y luego de otro y otro más, avanzando en carrera hacia las márgenes del río. Eran centenares, a juzgar por el ruido de sus portentosas pisadas sobre el fango, por aquel temblor grave que se difundía a través de las capas del suelo y del agua, hasta cimbrar el casco de la nave.

Se oyó un redoble de tambores y, enseguida, el fiero crepitar del agua al cruce de los corceles hacia la orilla opuesta. Al punto estallaron aullidos de guerra en las líneas enemigas. Los marineros de Emilio miraban agitadamente en todas direcciones, con una mezcla de pánico y estupor. La batalla invisible se desató cuando los dos bandos chocaron uno contra el otro, entre gruñidos de animales y chillidos humanos. Se oyó el restallar de metales, cuchillos contra espadas, hoces contra escudos, lanzas contra cascos, cuerpos en colisión. Los relinchos de las fieras remataban en el desplome de los cuerpos. La trayectoria curva de un grito revelaba aquí y allá la caída de un guerrero desde lo alto de su monstruosa cabalgadura. Los gemidos acompañaban el resquebrajamiento de huesos, el sibilar de filos en las pieles desgarradas, el aplastamiento de miembros bajo las patas de un elefante, las espirales sonoras que emitían aquellos cuerpos lanzados al aire por las enormes trompas. A diestra y siniestra se alzaban los bufidos, las coces, las estocadas. Heridas sangrantes vociferaban desde los pechos y los vientres. Al bramido de los elefantes respondía el escalofriante relincho de los caballos, antes de ser atravesados por una lanza y desplomarse sobre el cuerpo abatido de sus jinetes. Ayes, imprecaciones, aullidos se propagaban como veneno por todo el valle. Los llamados a lucha en lenguas desconocidas rasgaban el aire nocturno como aves de presa, y el lamento de los heridos resonaba en los oídos de Emilio, destemplándole hasta el último de los nervios.

Mientras tanto, conducida mansamente por la corriente, la embarcación seguía su rumbo hacia adelante. Iba bañada por la luz de la Luna. Blanca como el marfil, la madera de todo el barco despedía un fulgor siniestro.

—Debemos orillar la nave y ponernos a resguardo —gritó Liborio.

—Capitán —dijo Basilio—, ¿dónde encallaremos?

De la silueta oscura de don Gaspar, que se destacaba del suelo blanquecino en cubierta, surgieron unas palabras que sólo Emilio escuchó:

—Debemos seguir avanzando, capitán. Por nada de este

mundo se detenga. No haga caso de la batalla: *no está ocurrien-do ahora.*

Emilio levantó la mirada hacia un cielo profusamente estrellado y avistó incluso una estrella fugaz que atravesaba la bóveda celeste para ir a caer tras la línea plateada de montañas al final del valle. Nunca se habían conjuntado frente a Emilio la belleza y el horror, como en esa noche incomprensible.

Los gritos de guerra cesaron de golpe, como por encanto. Pero entonces se oyó un orquestado rasgueo de millones de cuerdas, y una lluvia de flechas fantasma cruzó por encima de la nave emitiendo su catarata amenazante de silbidos. Instintivamente los tripulantes se cubrieron el pecho con ambas manos e inclinaron la cabeza. A la catarata siguió una ola de alaridos, que avanzó como una marea dolorosa sobre los campos durante ocho largas horas.

Emilio tuvo que admitir que sus marineros, y él mismo, estaban sufriendo una especie de alucinación auditiva. Y fue a colocarse de pie en el vórtice de la proa para infundirles valor. Conforme dejaban atrás el fragor de la batalla, un intenso frío los fue envolviendo y se pusieron a tiritar. El cauce del río en que navegaban se abrió hacia los costados como una flor líquida.

—Mi-mi-mire allí, capitán, la Lu-luna se ha desplomado.

Delante de la embarcación apareció una enorme extensión

de agua, en la que se reflejaba el deslumbrante faro lunar. La laguna formaba un espejo con la punta norte incrustada entre dos montañas.

—La señal de las dos lunas —murmuró Emilio—. Hemos llegado.

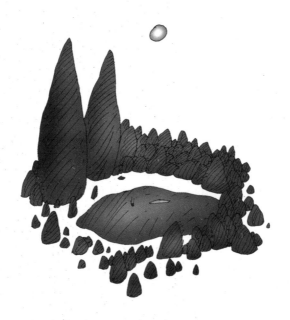

XVIII

A las primeras horas de la mañana la laguna era en verdad de color escarlata, como su nombre. Dos altas montañas, cubiertas de nieve azul en la cumbre, la acunaban como manos unidas formando un amoroso cuenco. Anclaron la embarcación en el centro de la laguna. Habían bajado las mantas que tuvieron que usar como velas provisionales para cubrir sus cuerpos del frío. En medio de aquel paisaje extraordinariamente hermoso, el destartalado y pequeño navío resultaba una mosca en la sopa.

Emilio esperaba que fuera el propio don Gaspar quien descendiera hasta el fondo de la laguna en busca de la gran concha nacarada dentro de la cual, según los cálculos del contramaestre, habría de hallarse la Perla.

—Es imposible —exclamó don Gaspar—, mi silueta se desdibujaría por completo al entrar en las oscuridades de la hondura.

Ésta es una misión para usted, capitán —añadió sonriendo maliciosamente.

—¿Y qué tan hondo tendré que bucear? —musitó Emilio, sin querer siquiera imaginarse cuán fría podría estar aquella agua originada en el constante deshielo de los glaciares.

Adivinando sus pensamientos, don Gaspar lo miró con sorna y dijo:

—¿Qué tan hondo?, no lo sé; sólo lo sabe la ostra que engendró a la perla. ¿Qué tan frío? No menos de cero grados, porque de lo contrario el agua estaría convertida en hielo.

Emilio tragó saliva. Miró a cada uno de sus marineros buscando algún voluntario para suplirle, pero los tres torcieron la vista.

—¿No dicen que un capitán jamás debe abandonar su barco? —argumentó.

—Éste es un caso especial —respondió don Gaspar, mientras anudaba una tras otra todas las cuerdas que tenían disponibles, para luego amarrar el extremo de la soga a la base de un mástil. Basilio, Liborio y Juan José miraban los preparativos de don Gaspar, envueltos en sus mantas y temblando—. Le untaremos grasa en todo el cuerpo —explicó don Gaspar, haciendo ágiles movimientos para enrollar la larga soga sobre la cubierta—. Eso y la emoción de la aventura lo ayudarán a soportar el frío.

Emilio se resignó a su suerte pensando en los montones de

chocolates que compraría en la tiendita de la escuela al día siguiente. Mientras el Sol subía por encima de las montañas, haciendo brillar el agua y entibiando la atmósfera, don Gaspar untó grasa de ballena en el cuerpo desnudo de Emilio, y luego ató el otro extremo de la soga a su cintura.

—Bien —exclamó al terminar—, ahora salte al agua, capitán.

—¿Y hacia dónde debo nadar? —preguntó Emilio compungido.

"Salta y no rezongues", le ordenó a Emilio su propio orgullo. Así que después de pararse sobre la borda cerró los ojos, hizo una profunda inhalación y saltó. ¡Ahh!, el impacto al entrar en el agua fue terrible. Su corazón se paralizó unos instantes. El pecho estuvo a punto de estallarle. Salió en un santiamén a la superficie para recobrar el aliento. Iba a gritar que no, que no podía hacer aquello, pero no pudo articular palabra y tragó bocanadas de agua en el intento. Basilio, Juanjo, Liborio y don Gaspar estaban inclinados en la orilla del barco, expectantes. Emilio agitaba brazos y piernas para entrar en calor. En cierto momento abrió la boca y aspiró la mayor cantidad de aire que pudo, antes de volver a sumergirse. Mientras avanzaba decidida y rítmicamente hacia el fondo, el frío que sentía en todo el cuerpo pareció convertirse en calor, un calor que le quemaba la piel. Se alegró entonces de la insistencia de su mamá en que tomara clases de natación cada fin de semana. Sus músculos y sus pulmones estaban respondiendo muy bien gracias a aquel entrenamiento que había recibido durante años en el deportivo Morsas.

Conforme descendía con los ojos abiertos, sus oídos se acostumbraron al *glu-glu* de las burbujas que soltaba por la nariz. Sus pensamientos se sincronizaron con su respiración. Poco a poco dejó de percibir su cuerpo y se entregó al placer de deslizarse suavemente, como si planeara por los aires. "Nadar y volar se parecen", se había dicho a sí mismo en muchas ocasiones. Quiso imaginar que él mismo era de agua y que su mente se había vuelto transparente. Un sentimiento de profunda soledad empezó a invadirlo y estuvo a punto de hacerlo claudicar. Volteó a derecha e izquierda buscando alguna criatura viviente, pero no había ninguna clase de pez en aquellas heladas aguas. Unos metros más abajo divisó, sin embargo, una pequeña mantarraya translúcida, en cuyo cuerpo se difractaban los rayos de luz que alcanzaban a pasar entre las ondas. La mera presencia de la mantarraya le dio ánimos. Quizá ahora que la he asustado irá a guarecerse en el fondo, pensó. Y decidió seguirla.

Todavía tenía aire suficiente para bucear unos minutos más pero debía apresurarse. Aumentó la amplitud de sus brazadas y la energía de su pataleo, y pronto alcanzó a la mantarraya, que se desplazaba lateralmente a unos milímetros del suelo, como un holán. La visibilidad había disminuido tanto que Emilio apenas podía distinguirla entre la profusión de algas, moluscos y residuos calcáreos. "¿Y ahora qué? —se preguntó—; ya no puedo descender más." Como ya casi no veía, se pegó al suelo y nadó buscando a tientas algo que pareciera una concha nacarada... La mañana se había vuelto tarde y la tarde estaba a punto de hacerse noche. Y es que el tiempo bajo el agua transcurre con extrema rapidez. También con extrema rapidez se vaciaban sus pulmones. Calculó el tiempo que le llevaría volver a la superficie; pero es difícil acertar en los cálculos cuando el oxígeno comienza a faltar. Así que decidió racionar la columna de burbujas que expulsaba por la nariz. Un calambre le tenía entumida la pierna izquierda. Se talló el muslo con una mano para agilizar su circulación, pero ni la mano ni la pierna sintieron el frotamiento. En un último esfuerzo, y sosteniendo el poquísimo aire que le sobraba, giró hacia la derecha y avanzó como una serpiente, inspeccionando la zona aledaña.

A corta distancia descubrió un agujero del que salía un borbotón de agua caliente. Se colocó encima del agujero y dando maromas dejó que el chorro le bañara el cuerpo entero. Sus músculos se distendieron y los huesos dejaron de dolerle. Ya no le importó que el aire se le hubiera acabado, ni que faltara la luz. Era fuerte la tentación de abandonarse a ese calor líquido que lo envolvía, cerrar los ojos y dar por terminada la búsqueda de cualquier tesoro. Embelesado, Emilio dejó entrar hilos de agua caliente por su nariz e incluso abrió la boca para recibir abundantes tragos de tibieza. Y así, con los ojos cerrados se puso a flotar "de muertito" sobre el borbotón. "Mañana será otro día, mañana será otro día", se repetía el niño, mientras sus pulmones se iban llenando de agua.

El tiempo entonces se detuvo. Ya no hacían diferencia la vigilia o el sueño, los recuerdos o las ilusiones. Todo empieza a ocurrir en el presente, nada más que en el presente. Un presente hermético como un huevo, con una cáscara que no va a resquebrajarse nunca para dejar salir al pichón. Emilio, dándose por vencido, se ha acurrucado ahí…

Pero entonces, entre las ondas de agua aparece la sombra difusa de don Gaspar. El terco contramaestre ha descendido hasta el fondo de la laguna para impedir que Emilio se ahogue, para que no se rinda ni olvide su búsqueda. Lo sacude, obligándolo a abrir los ojos. Emilio siente de golpe la horrenda desesperación de alguien que se asfixia.

—¡Respire por las branquias! —le grita don Gaspar.

Emilio escucha su voz, no a través del agua, sino en el interior de su cabeza. "Yo no tengo branquias", le replica mentalmente, pero en ese instante se percata de que sus cachetes se inflan y desinflan extrayendo del agua el oxígeno que necesita.

Primero haciendo señas y después empujándolo, don Gaspar insta a Emilio a entrar por el agujero. Con un ademán le indica que lo esperará en ese punto para que suban juntos a la superficie.

Después de un breve instante de duda, Emilio se interna a través del borbotón y va abriéndose paso por una especie de túnel vertical. Avanza hacia abajo, a contracorriente, agitando sus manos como si fueran pequeñas aletas. Lo envuelve una absoluta oscuridad, así que no sabe si lleva los ojos abiertos o cerrados. Conforme avanza pierde la noción de ser Emilio, el niño que sueña cada noche que navega en su embarcación a la caza de aventuras. Pierde la noción de ser una criatura humana diseñada para vivir entre el sueño y la vigilia. Incluso pierde la noción de que se halla buscando algo. En cierto momento, el curso de la corriente se trastorna. Ya no sabe si nada hacia abajo o hacia arriba: el agua lo va llevando con su impulso natural o con su delicada resistencia. Un vacío de ideas respira en su interior al mismo ritmo que sus branquias. Lo mueve sólo la sospecha de que debe atravesar el túnel para llegar "al otro lado", pero ignora qué "otro lado" puede ser ése.

Surgido de la propia oscuridad, un súbito resplandor hiere sus ojos. Aquello que brilla al final del túnel se halla cada vez más cerca, más cerca, más… Casi está a punto de distinguir de qué se trata, cuando un remolino de voces interrumpe su avance:

—Sí, sí, sí —dicen algunas voces en tono invitador.

Mas de repente, la fuerza del remolino trae a sus oídos la algarabía de otras que vociferan:

—¡Nooooo, no, no!…

Otra vez vuelve a escuchar el "sí, acércate, Emilio, síii", inmediatamente seguido por un estentóreo "¡no!, ¡no!, ¡no!; ¿qué te has creído?" Emilio permanece atrapado en ese remolino sonoro por unos segundos, quizá por unas horas, hasta que recuerda lo sucedido la anoche anterior en el río, cuando su embarcación tuvo que deslizarse en medio de una sangrienta batalla. La mera aparición de ese recuerdo restablecería en la mente de Emilio el fluir habitual del tiempo. Seguiría la misma estrategia de ayer para salir del remolino, pensó. Así que, ignorando las voces, Emilio se dejó llevar por la fuerza de gravedad hasta que sus pies se posaron sobre una superficie sólida, escamosa y ligeramente curva. Se vio entonces envuelto en la irradiación de una gran concha. "¡Ésta es!", se dijo. A juzgar por su tamaño, debía pesar una tonelada, supuso Emilio, pero luego recordó que en el agua las cosas pesan mucho menos. Entusiasmado por esta verdad física, se escurrió por debajo de la concha y como un pequeño Hércules marino, la levantó sobre sus hombros.

En efecto, la concha pesaba mucho pero Emilio había recobrado la confianza en sí mismo y en su buena suerte. De pie sobre el fondo, dobló levemente las rodillas para resortear, y de un solo empujón hizo que la concha saliera botada del agujero, igual que un tapón de corcho salta de una botella de champaña. Gracias al recobrado fluir del tiempo en este relato, la longitud del túnel por el que había descendido Emilio se redujo a un instante de burbuja.

La luminosidad de la concha, ya liberada, hizo brillar las aguas de la laguna desde su fondo. La silueta de don Gaspar, que esperaba a Emilio al borde del agujero, adquirió entonces la solidez necesaria para que juntos pudieran transportar la enorme concha hasta la superficie. Apenas vieron emerger aquella maravilla, los marineros se apresuraron a lanzar sendas cuerdas a Emilio y a don Gaspar. Les tomó toda la mañana subir la concha nacarada a cubierta. Ya fuera del agua, su peso desafiaba la fuerza de todos sus músculos juntos.

—¡Sólo imaginen el tamaño que debe tener la perla! —los animaba Emilio.

Una vez sobre el barco, la concha parecía una luna portentosa que competía con el resplandor del Sol sobre la nieve de las montañas.

Don Gaspar y Emilio no cabían de júbilo. Ávidos por contemplar el tesoro, los marineros hundieron el filo de sus cuchillos entre los labios cerrados de la concha y jalando hacia arriba lento, muy lento, lograron levantar la valva superior. La mirada de todos se heló cuando descubrieron que el interior de aquella coraza sublunar estaba completa y absolutamente vacío.

Saliendo de su estupor Emilio levantó la cara y clavó los ojos en don Gaspar:

—¡Me engañaste, impostor!

Don Gaspar respondió con voz sosegada:

—Es natural que se sienta decepcionado, capitán, pero sépase que yo *nunca* lo engaño.

XIX

"No existen las coincidencias" era una de las frases preferidas de su mamá. "Las cosas ocurren siempre por algo", decía. Y a menudo esgrimía tan poderosa frase ante el padre de Emilio para convencerlo de que ella sabía interpretar muy bien las cosas, por más inexplicables que parecieran, pues el mundo debía responder a un "orden general" de causas y efectos. Así, por ejemplo, si su esposo se había olvidado de besarla antes de irse a trabajar, porque "en ese mismo momento" tuvo que contestar su celular, en realidad había sido, argumentaba la mamá, porque seguía secretamente molesto con ella. Aunque se hallaran en medio de una de sus frecuentes discusiones, el padre, fiel a su espíritu científico, sonreía entonces de buena gana, pues no podía sino *coincidir* con aquella inteligente declaración de su esposa: "no existen las coincidencias". En eso siempre estarían de acuerdo.

Pero claro que fue una coincidencia que esa tarde, después de la comida, Emilio viera por televisión un documental sobre las batallas de Alejandro Magno. El documental se explayaba en la última de ellas, después de la cual el conquistador tuvo que suspender su expedición a Oriente, pues sus cansados ejércitos se amotinaron forzándolo a regresar a casa. Por "pura coincidencia" ésa había sido nada menos que la famosa Batalla del Hidaspes, ocurrida en el año 326 a. C., ¡en la región india del Panyab! Emilio estaba atónito mirando las imágenes de lo que en sueños sólo había escuchado: Alejandro Magno, cabalgando en su brioso corcel Bucéfalo, se lanzaba ferozmente hacia las filas del Rey Poros. Lo seguía un escuadrón de caballería que chocaba contra una barrera de doscientos elefantes enfurecidos. Los elefantes pateaban a los caballos; los caballos enloquecían con el mero olor de los paquidermos y se encabritaban, tirando coces y aplastando a sus propios jinetes. Los conductores de elefantes eran heridos por la lanza de algún soldado de infantería y salían volando por los aires. Centenares de arqueros macedonios, en perfecta formación, disparaban a un tiempo desde la retaguardia, diezmando el centro de las fuerzas indias. Hombres de uno y otro bando corrían enardecidos en todas direcciones, abandonando a los soldados moribundos... La sangre era tanta que salpicaba el planeta entero. Al final de la secuencia, Bucéfalo resultaba herido de muerte y caía en cámara lenta a la vera de Alejandro, que se arrodillaba para acariciarle el cuello.

Sí, era una pena no poder compartir con nadie la coincidencia entre lo ocurrido en su sueño de ayer y lo que estaba viendo esa tarde en la tele. Pero no podía hacerlo sin traicionar su secreto de tantos meses; es decir, la existencia de su embarcación y las aventuras que había vivido a bordo. No tenía ningún caso, en particular porque la travesía había acabado en un tremendo fiasco: "el Fiasco de La Perla Transparente", se dijo Emilio con amargura. Mejor era no pasar la vergüenza de andarlo contando. Además ¿quién le creería?; le dirían que se trataba de puros inventos.

Pero los sueños no son lo mismo que "puros inventos", y la suya había sido una expedición *casi* real que lo había transformado en un niño diferente, según él. ¿Cómo explicaría el encuentro con la ballena azul, sus enfrentamientos con el terrible don Gaspar de Quezada, la escena de los descabezados en la Orilla Blanca, el heroísmo de su propia sombra contra la tempestad, el escalofriante paso por la batalla fantasma o la inmersión en las heladas aguas del Himalaya? Sólo Pipo hubiera podido creerle. Y le habría dicho, auténticamente sorprendido: "¡Hombre!, pero qué interesante". Claro que hay cosas que por más interesantes que resulten no son para contárselas ni a los mejores amigos.

A la mañana siguiente Emilio no vio a Emma en la fila, lo cual le pareció muy raro: Ella nunca faltaba aunque estuviera enferma, porque su abuela, con quien vivía, no podía cuidarla por las mañanas. Ya en clase, Emilio pidió permiso para ir al baño y se puso a buscarla por toda la escuela. Buscó tras los matorrales al final del patio, en el gimnasio vacío, en la enfermería, detrás de la tiendita. Finalmente la encontró en el estacionamiento de los camiones, sentada junto a la bodega. Estaba en el suelo, con la cabeza escondida entre las piernas y llorando a moco tendido.

—¿Qué te pasa, Emma?, ¿qué haces aquí?, la maestra ya te puso falta.

Emma levantó su cara llena de lágrimas y trató de explicarle, mas la tristeza no la dejaba hablar. Emilio se sentó a su lado y estuvo a punto de acariciarle ese cabello largo que traía siempre suelto y enmarañado. Pero eso es una cosa que los niños de once años no hacen. La pura idea de tocar a una niña le ponía los pelos de punta.

Entre sollozos, Emma le contó al fin que sus tíos habían decidido meterla a un internado porque la abuela estaba cada día más viejita y se olvidaba de todo. Si ella hubiera sido un niño la hubieran dejado quedarse en su casa, puesto que los niños dizque requieren menos atenciones. Pero ya que ella iba a convertirse pronto en una señorita, era mejor que estuviera en un lugar donde la cuidaran de cerca y le enseñaran buenas costumbres, decían los tíos. De hecho, ya habían escogido el internado del Sagrado Corazón, y Emma estaba aterrada de tener que vivir entre monjas.

—Quisiera escaparme —le dijo a Emilio—; quisiera ser hombre para salir a jugar a la calle, como ustedes, y no tener que ser nunca "una señorita" que se la pasa rezando encerrada entre cuatro paredes.

Emma retiró los cabellos que con las lágrimas se le habían pegado a los cachetes, y se echó todo el pelo para atrás. Entonces Emilio vio que en su cuello llevaba una gargantilla con una perla… ¡transparente! Acercó el rostro y parpadeó varias veces. "No existen las coincidencias", se dijo Emilio intentando salir de la sorpresa.

—¿Qué es eso que tienes allí? —le preguntó.

—¿Qué cosa? —respondió ella—. ¡Ah!, esta perla era de mi mamá, me la regaló antes de morir.

—¿Y la usas siempre, siempre?

—Sí, la uso siempre. La abuela dice que brilla como brillaban los ojos de mi mamá. Así que cuando miro a través de ella me imagino que allí adentro están todas las cosas que mi mamá vio durante su vida.

—Nunca te la había notado —murmuró Emilio, y ambos niños guardaron silencio durante unos minutos.

¿De modo que esa perla guardaba todos los paisajes de una vida? "¡Chico tesoro! —se dijo Emilio—. ¡Y pensar que estuvo siempre ante mis narices; y que hasta ahora vengo a encontrarla, aquí, aquí 'afuera', y completamente despierto!" Sintió un revoltijo de emociones que no iba a poder describir sino muchos años después... quizá. Lo único que dijo entonces fue:

—No te preocupes, Emma; no vas a estar encerrada en ese internado. Podrás pasear conmigo por el mundo entero. ¿Sabes?, yo tengo una embarcación...

Emilio y el viaje sin tesoro,
de Carmen Leñero,
se terminó de imprimir y encuadernar
en abril de 2009 en Impresora
y Encuadernadora Progreso, S. A. de C. V. (IEPSA),
calzada San Lorenzo 244, Paraje San Juan,
C. P. 09830, México, D. F.

El tiraje fue de 6 000 ejemplares.